TAKE
SHOBO

人生がリセットされたら
新婚溺愛幸せシナリオに
変更されました

華藤りえ

Illustration
すがはらりゅう

蜜猫
Novels

contents

イラスト／すがはらりゅう

人生がリセットされたら新婚溺愛幸せシナリオに変更されました

皇帝の新たな花嫁が、皇后として戴冠する日。

ここバーゼル帝国では、帝都のみならず、あらゆる街や村が慶事に沸いていた。

普段は貿易の荷車ばかりが目立つ街道沿いも、華やかに着飾った旅芸人が踊り歩き、村人は道端に木のテーブルを並べ、行き交う人とごちそうや酒を楽しんでいる。

人々は、新たに皇后となった大国の姫イリーヤと、若き皇帝ヴェンツェルの婚礼を喜び、繁栄を願い乾杯し、幸福への祈りを込めて白い鳩《はと》を空に放つ。

国中を挙げて皇帝と皇后を祝う中、一台の馬車が街道裏を逃げるように抜けていく。

いや、事実逃げているのだろう。

ばねの利いた最新の箱馬車は黒塗りで、所々に金の飾りがある立派なものだったが、車体のどこを見ても紋章がない。

それどころか、黒いレースのカーテンで窓を覆い、内部を隠してさえいる。

御者は貴族のお仕着せにしては妙に地味で、目立ちにくい制服を着ており、陰鬱な表情で馬を操っていた。

併走する黒馬の護衛騎士たちも同様で、馬と同じ色の軍服をまとっていたが、金の肩飾りや宝石で彩られた勲章をすべて外し、所属や階級を隠した上に、終始無言だ。

馬車は、まるで喪に服すようにひっそりと郊外へと駆け続けていた。

——それもそうだろう。

中に乗っているのは、皇帝の元婚約者。

本来なら、今日、皇后として戴冠する予定であった、ラウエンブルグ公国の姫アマリエ。

そして馬車は、彼女が実家へと帰されるものなのだから。

第一章　婚約破棄～死後の世界……じゃなかった？～

前に広がる黒い森を二日かけて抜ければ、故郷のラウエンブルグ公国まですぐだ。

黒レースのカーテン越しに、目を外へやりながらアマリエは思う。

帰るのは二年ぶりだろうか。弟と合うのも久しぶりだ。きっと身長もずいぶん伸びているだろう。

彼は、国元へ戻ってくるアマリエをずいぶん心配しているようで、領の境まで騎士団を率いて迎えに来ると言っていた。

それに、公爵として公国の君主となった兄を困らせている問題――錬金術師がどうとか言う話だが――の相談を受け、一緒に考えるとも約束している。

皇后になれなかったが、やることは沢山あるだろうし、待っていてくれる人たちもいる。

けれどアマリエは、楽しさや懐かしみすら覚えられずにいた。

胸の奥から込み上げるべき感情は、もう、なにもない。

うつむいたまま、こめかみを窓にもたれかけさせる。

淑女としてお行儀の悪い姿であるが、同乗している中年の侍女は咎《とが》めない。

咎める気力もないのだろう。

硝子《がらす》がもたらす冷たさを心地よく思いながら、吐息をこぼす。

浮かれはしゃいでいた民の姿は途絶え、密集したトウヒの木立ばかりが視界に広がっている。

視界に護衛する騎兵の影がちらつくが、高い針葉樹林の中は、それすらもはっきりしないほど暗く、日の光が弱かった。

風も吹いていないのか、聞こえるのは、からからと回る車輪の音と馬の蹄《ひづめ》の立てる音ばかりで、鳥の鳴き声どころか木立のざわめきすらない。

突然、静寂の中へ飲み込まれてしまったような沈黙に、アマリエは少しだけほっとする。

（このまま、誰にも知られず消えてしまいたい）

ため息を飲み込み、窓硝子に映る自分を見ながら、そう思う。

金と茶の入り交じった地味な髪色。

細く薄い肉付きに反して、不格好なほど大きな胸。

宮殿では、自室や図書館で皇后になるための勉強ばかりしていた。そのせいで顔色も冴《さ》えない。

銀色がかった緑青の瞳は大きく、はっきりしていたが、いつだって伏せがちなため、地味で黒く見える。

人によっては、清楚《せいそ》で愛らしいと言ってくれるかもしれないが、アマリエ自身は、目立たず、弱気なところがよく出た顔だと思う。

（私みたいな地味な娘より、美少女と名高いイリーヤ様が皇后に相応《ふさわ》しいと、周囲の人が思うのも当然だわ……、皇帝陛下も、きっと）

結うこともなく、真《ま》っ直《す》ぐに背や肩を覆っている髪を掴《つか》み、唇を噛《か》む。

仕方がないこと。悩む余地もないこと。

そう自分に言い聞かせることで、手にするはずだった未来への未練を断ち切ろうとする。

アマリエは、バーゼル帝国に属する、ラウエンブルグ公国の姫だった。

ラウエンブルグは公爵を統治者とした自治公国で、歴史も古く、帝国の始祖である四大公爵家の一つ。かつ、皇帝選挙に影響力を持つ選帝侯家の名誉すら担っていた。

それゆえ、公国唯一の姫であるアマリエが、若き皇帝の婚約者に選ばれた。

むしろ国内では、アマリエ以外に適当な花嫁候補がいなかった。とも言える。

八年前まで、バーゼル帝国は戦争状態にあった。

南にある異教徒の国が、聖戦の名の下《もと》に侵略を開始していたのだ。

数年がかりで敵を撃退したものの、当主が戦で死亡したり、重傷で政務が難しくなったりしたことを理由に、国内貴族のほとんどが代替わりする有様。

それは帝国の要である四大公爵家も例外ではなく、新たに当主となったものは最年長で三十二歳。姫と呼べるほど身分の高い娘は、前当主時代に嫁いでしまい、もう子まで持っている者か、生まれたばかりの赤子しかいなかった。

当時、十歳だったアマリエに、皇帝の婚約者という白羽の矢が立ったのは当然の成り行きだ。

つまり、物心ついた時から、皇帝の配偶者として、帝国の母となる淑女として育てられた。

指導は厳しく、泣いたことも一度や二度ではないが、あきらめようとは思わなかった。

なぜなら、アマリエは皇帝に恋をしていたから。だから、彼の妻となるためなら、どんな努力でもできた。花嫁になる日を、皇后の冠を抱く日をずっと、ずっと楽しみにしていた。

なのに。

（どうして、こんなことになったのだろう）

両手で顔を覆いたい気持ちを抑え、髪を掴む指に力を込める。そうしなければ涙が出そうだ。

アマリエが泣けば、同乗するただ一人の侍女にも気を遣わせ、悲しませてしまう。

だから息を詰めたまま、視線を流れゆく景色へ向ける。

――どんなに眺めたって、望む光景は、人は、そこにいないとわかっているのに。

（……ヴェンツェル様！）

胸の内だけで絶叫する。

どうして、どうしてと、声にできない問いを繰り返す。

好きだった。どうしようもなく好きだった。

軍人気質《かたぎ》で、がさつで、アマリエを甘やかすのと同じぐらい困らせる兄弟たちと違い、ヴェンツェルは常に穏やかで、語るより話を聞いてくれた。

落ち着いた物腰や思慮深い性格が、とても大人で、立派に見えた。

わからないことを聞けば、幼いアマリエにもわかるように、丁寧にかみ砕いて教えてくれたし、皇后教育で音を上げそうになっていると、頭を撫《な》でながら、優しく、でも強い声で、期待している。大丈夫だ。と励ましてくれるところも好きだ。

皇帝で、多忙な身であっても、週に一度はアマリエと過ごす時間を作ってくれて、兄たちよりも兄らしく見守り、慈《いつく》しんでくれていた。

男女としては、唇が触れるだけのキスか、頬《ほお》を合わせ抱きしめ合うだけだったが、それでも、アマリエにとっては飛び上がりそうなほど嬉《うれ》しく、おかしいほど胸を高鳴らせていた。

初めて会った時に心を奪われ、ずっと焦がれ、恋してきた。

ヴェンツェルもまた、物語のような激しい愛ではないけれど、アマリエが成長し花嫁となる日を見守り待ち望んでいると。

――そう、思い込んでいた。

（私一人だけが、そう思い込んでいた。望まれて花嫁になる。幸せになれると）

だが現実はそうならなかった。

バーゼル帝国よりさらに強大である北のルーシ帝国より、皇帝の孫皇女が留学してきた日から、アマリエの人生の歯車は、ずれだした。

国内貴族の結束を強めるためという理由で、四大公爵家の一つ、北のラウエンブルグ公国公女アマリエは、皇后候補として選ばれた。

が、戦争で疲弊した国を再建するには、臣民の結束と同時に相当な資金も必要だった。

外遊で皇帝ヴェンツェルの知己となった皇女は、アマリエと同じく彼に恋しており、それを知った臣下たちは、皇女を娶《めと》ることで得られる持参金や、孫を溺愛するルーシ皇帝から引き出させるだろう援助に目がくらみ、いままでの意見をすぐ翻《ひるがえ》した。

幸いアマリエは、まだ皇帝の婚約者にすぎない。

なら、皇帝の妻を、アマリエより皇后に相応しい娘に変えてなにが悪い？

戴冠式の二週間前に、皇帝から、婚約破棄か、愛人にも等しい立場である皇妃として宮廷に残るか迫られ、アマリエは――逃げる事を選んでしまった。


（この八年は、一体、なんだったのだろう……）

好きな人に追いつきたくて、支えになりたくて、傍らにいたくて、ただそれだけを望んで、努力し続けてきた八年は――。

唐突に馬のいななきが重なり、がくんと馬車が跳ねた。

衝撃と、肩をぶつけた痛みで現実に戻ったアマリエは、前に座る侍女のエッダを見た。

彼女も腰を打ち付けたのか、せり出している腹を潰すように身体を曲げ、手を後ろにやっていた。

「倒木でもあったのかしら……。大丈夫？　エッダ」

「ああ、どうも……この年齢になると、腰が弱くていけませんよ姫様」

元乳母で、国元から着いてきた唯一の侍女であるエッダは、皺《しわ》の増えた顔をくしゃりと歪《ゆが》ませうめいていた。

アマリエはエッダに並ぶ形で座席に座り直し、彼女の腰を撫でる。

けれど、そうしている間にも馬車は速度を上げ続け、右へ左へと蛇行しだす。

肩やら肘やらを何度もぶつけるが、もう気にしてはいられない。

そのうち、護衛騎士たちの怒号や、剣を打ち鳴らす音までもが聞こえだした。

つんざくような絶叫が響き、エッダが顔を青ざめさせながらアマリエを見る。

二人とも、とうに座席から放り出されていて、獣のように床に這《は》いつくばっていた。

「大丈夫、エッダ？」

「ひっ……姫様！」

「落ち着いて。悲鳴を上げては駄目よ。おしゃべりも駄目。舌を噛んでしまうから」

素早く告げると、エッダは壊れたくるみ割り人形のように、がくがくと首を揺らす。

アマリエは座席にすがりつき、両肘で身体を支え、窓を覆うレースのカーテンを引っ張る。

布が裂ける。

見えた窓の外には、顔の上半分を黒い覆面で覆った男たちがいて、護衛を担当しているラウエンブルグ公国の騎士らと切り結んでいた。

襲撃者の数は、こちらの三倍ほどか。盗賊と言うには統率が取れている。

あっという間にアマリエたちの隊列に追いすがり、邪魔する者は数人がかりで斬り捨てていた。

騎馬の戦いなら最強と言われるラウエンブルグ公国騎士でも、いささか相手が多すぎる。

その上、飛び道具まで持ち出されてはかなわない。

目まぐるしく風景が移り変わる中、狙いのそれた石弩の矢が、漆塗りの箱馬車に突き刺さった。

どんっ、という衝撃に驚いたエッダが、ひいい、とまた悲鳴を漏らす。

「大丈夫よ、枝が、ぶつかった……だ、け……！」

励まそうと彼女の肩を抱いた時、車輪が外れる嫌な音がして、大きく車体が傾いた。

かんしゃくを起こした子どもが、おもちゃ箱を投げるみたいに、箱馬車が街道から飛んでいく。

あっという間に天と地が逆になり、エッダと一体になって床をごろごろ転がる。

頭だけでなく、腕や足首まであちこちが痛い。どこかで打ったようだ。

（一体なにが……）

馬車は、道脇の木に挟まれる形で横倒しとなっており、扉はアマリエの頭上にあった。

硝子窓が割れたせいで、外の音が先ほどよりはっきり聞こえる。

座面の端を足がかりにして、枠だけになった窓から顔を出し、助けを求めようとした時だった。

「女は後でいい、騎士を潰せ！」

覆面をかぶった男の中でも、一番体格がしっかりした者が野太い声で叫ぶ。

その間にも、馬車に行かせまいとする護衛騎士を一人斬り捨てる。

ぎゃっ、という悲鳴が上がり、鮮血をまとった鈍色《にびいろ》の剣が空で弧を描く。

恐ろしい光景に息を詰めた瞬間。

「逃さず全員を始末しろ！　皇帝陛下のご命令だ！」

嫌にはっきりと聞こえた台詞《せりふ》に、アマリエの思考が停止した。

（……え？）

皇帝陛下の、ご命令。その単語が頭の中でぐるぐる回る。

扉の取っ手を掴んでいた指から力が抜け、そのままぺたりと座り込む。

（皇帝陛下、の、ご命令……で）

わなわなと唇が震えだし、頭から一斉に血が引いた。

手足の先が冷たくなって、きーんという耳鳴りがしだす。

この国で皇帝陛下と言えば一人しかいない。ヴェンツェルだ。

（でも、なぜ、あのお方が……？）

破棄されてしまったが、それでも、婚約者として最低限の配慮はしてくれた。

もし、皇女イリーヤが現れなかったら、まさに今晩、夫婦として枕を共にし、結ばれ、やがて相手の子を宿し、育てるはずだった。

ヴェンツェルから特別、厭《いと》われも憎まれもしていなかった。

ただ政情的に許されなかっただけで、彼に背いたことはなく、ないがしろにもしていない。

女として愛されていたかは疑問だが、家族や親族の女性に対するような親愛は常にあった。

なのに――どうして、賊を装って、アマリエを殺害しようとしているのか。

（わからない）

喉が急激に渇き引き攣《つ》れていく。

目の前が徐々に暗くなり、息を継ぐことも難しい。

唇をわななかせ、胸をぎゅっと掴んでいると、肩を掴まれ揺さぶられた。エッダだ。

「姫様、気をしっかりなさいませ！」

自分も血の気の引いた顔をしているのに、エッダが必死の形相で、アマリエの意識を現実に繋《つな》ぎ留めようとする。

「しっかりなさいませ。……皇帝陛下など、聞き間違いです！　そうに決まってます！　あの方がアマリエ姫様を殺すだなんて、あり得ません」

「あ……あ、エッダ……、あの……」

周囲の騒ぎに負けまいと声を張り上げ、それからエッダは脚で床——もとは扉だった——部分を蹴りつける。

弾ける音と共に取っ手の部分が壊れ、扉と車体部分に隙間ができた。

育ちすぎた羊歯《しだ》の葉先が、開いた部分から馬車の中へ入り込んでくる。

「姫様も！　事情はどうあれ、今はお逃げください。……生き延びれば、兄のラウエンブルグ公爵様も弟君も、お力を貸してくださいます……！　真実を求められます。……とにかく、なんとしてでも！」

がつ、がつと、必死になってかかとで扉を蹴り、隙間を広げようとするエッダに励まされ、アマリエも同じく扉を蹴り始める。

そうだ。逃げなくては、と理性と勇気を奮い起こす。

アマリエが死んでしまえば、襲撃を指示したものの思《おも》う壷《つぼ》だ。

（聞くのも、調べるのも……嘆くのだって、後からできる！）

それからしばらく、無言のまま扉を蹴り続けると、ようやく、人が脱出できそうな隙間ができた。

やったわ、と快哉《かいさい》を挙げかけ、すぐ失望に囚《とら》われる。

開いた足下は急斜面になっていて、朽葉や茂みに覆われた先は川しかない。

道端に生えていた大木に馬車が挟まれ、かろうじて落ちずにすんだのだと気づく。

落ちれば、足の骨を折るかもしれない。けれど選択の余地はない。

心なしか、争い合う男たちの声が近い。

「姫様、お早く！」

エッダが半分金切り声となりながら叫ぶ。

隙間からそろそろと脚を下ろし、腰の上だけを馬車に預けた姿勢で踏むべき土を探す。

しかし、爪先は空を切るばかりで、たまに触れたかと思えば、茂みから伸びる葉や枝だけ。

焦り、ぶら下がる脚を交互に動かしていた最中、また石弩の矢が馬車に当たり、衝撃でぎしっと車体がきしんだ。

「エッダ！」

馬車が、完全に崖から転がり落ちる前に。そう思い手を伸ばしたのがいけなかった。

突いていた手が滑り、肘が崩れ、アマリエはそのまま馬車から落ちていく。

「きゃあっ……！」

たまらず上げた声は大きく、女が落ちるぞ！　という怒声がアマリエを追いかけてくる。

ドレスが破れ、土は頬にこびりつき、むき出しの肌は擦り傷だらけになった。

どこをどう打ったのかわからぬまま、羊歯の生える急斜面を滑り落ちる。

足首がばしゃりと水を跳ね上げ、無事に川まで辿《たど》り着《つ》いたのだと、地面に手を突いて上体を起こした時。

狙え、という一声とともに風を切る矢音がし、胸の裏側に衝撃を感じた。

「え……?」

痛い、と思うより、どうして胸の先から矢尻がでているのだろう。と思った。

次の瞬間、信じられないほどの熱が心臓を灼《や》き、背骨がきしむほどのけぞり叫ぶ。

まるで獣のような声が喉からほとばしり、肺を満たしていた空気は、瞬く間に吐き出された。

真っ青に晴れた空へ向かい、救いを求める手を伸ばす。指先が太陽を陰らせる。

「ヴェンツェル様……!」

思ったのか、叫んだのか、もうわからない。

ただ、最後に、恋い慕った相手の影を求めたまま、アマリエの命は事切れた。


気がつくと、闇の中に立っていた。

否《いな》、立っていたというのは語弊《ごへい》があるだろう。

実際には足を着けている地面どころか、天すらも黒に塗りつぶされていたのだから。

身動きしなければ、寝ているようだし、あるいは浮遊しているようでもある。

だが、まったく光がないわけではない。

黒炭より黒く、天と地の区別さえつかないのに、自分の身体だけははっきり見えた。

（ここ、どこかしら……？）

まだぼうっとする頭で、あてもなく考える。

（見えるということは、光が屈折しているということ……）

海を隔てた島国の天才科学者が証明したと、以前、家庭教師から習った。

光が粒なのだという理論は難しい。

婚約者である皇帝への手紙にそうこぼした夏、手紙を読んだヴェンツェルが、公国を視察ついでにアマリエの元を訪れ、三角形をした硝子柱《がらすちゅう》をくれた。

プリズム、というのだと教えてくれた。

プリズムを通して虹ができる様を見せながら、ヴェンツェルは丁寧に、色は光の波長が違うからできる。つまり、まったくの闇では色が見えない理由を教えてくれた。

そのときに貰《もら》った硝子の三角柱——プリズムは、今、どこにあるのだろうか。

ラウエンブルグ公城の裏庭で、ヴェンツェルと近況を語り合い、木陰が気持ちよくて、そのまま今まで昼寝していたはずなの——だが。

すごく幸せな眠りの中、とても怖い夢を見た気がして、アマリエはぞくりとする。

「たしか、ポケットに入れて……」

手で身体を探り、目をみはる。思っていたより手足が長い。

視線を落とすと、夜着のように薄い一枚布に包まれた、しなやかな身体が目に映る。

なにより、十三歳にしては胸が大きすぎて戸惑う。

それに光がおかしい。

自分の身体から放たれている上、足下にちっとも影ができない。

「え……？」

自分は、何歳だ？　ここは、どこだ？

知っている日常とは違う光景、習った法則とは違う理《ことわり》で成された世界に心がすくむ。

息を詰めた瞬間、記憶を閉じ込める箱が壊れたように、数々の光景が、闇の中、絵画のように並び、揺らめきながら浮かびだす。

女の赤子を抱く金茶の髪をした優しげな女性。その肩を抱いて泣き笑いする若い頃の父。周囲で飛び跳ねる兄に、笑い声を絶やさない使用人たち。

アマリエがまばたきを繰り返している間に、女児は人々の慈しみに溢《あふ》れた眼差《まなざ》しの中、みるみる成長していく。

北の公国の短い夏。長い冬。それぞれの楽しみや、素朴なおやつ。

草原を駆け回る兄を幼い足取りで追っていたかと思えば、次の瞬間は子馬に乗ってはしゃいでいた。

十回目を迎えた誕生日に、皇帝の婚約者として祝《いわ》われる自分が見え……これは過去なのだと悟る。

それからはなおさら早かった。

周囲の闇に浮かぶ景色は、唐突に皇帝の居城——グリューネブルン宮殿に変わった。

アマリエが十六歳となり、皇后教育のため帝都へ居を移したのだ。

孤独だった。

親元を離れただけでなく、ラウエンブルグ公爵となった兄ゲルハルトや、弟のヨシュカなども、アマリエを妹ではなく、君主の妻となる女性とみなし、臣下の礼をとりだす。

側にいるのは、宮廷の皇后教育女官に、慣れない侍女たち。

あるいは、アマリエを批判することで自分の株を上げ、あわよくば皇帝の寵愛《ちょうあい》を得ようとする貴族の夫人やご令嬢。

皇后となる者に要求される水準は高く、学問書は書き込みで真っ黒だし、ダンスのステップが麗《うるわ》しくないと足のまめが潰れても練習させられた。休んだ日なんて一度もなかった。

――だってそれが、好きな人の妻になるために必要だと言われたから。

なのに道は残酷に逸《そ》れていく。

大輪の白薔薇のような容貌をした少女が現れる。北の帝国から来た皇女イリーヤが。

彼女は、無邪気な笑顔でわがままを言う。

アマリエには決して許されないそれを、堂々と口にし望みを叶《かな》え、さらには、さすが帝国の皇女、おねだりすらも愛らしい。人の心を虜《とりこ》にする術《すべ》に長《た》けていると褒めそやされる。

同じことをアマリエがすれば、皇后となる娘がなんて甘えたことを。並の娘ではないのですから我慢されなければ、皇帝陛下の顔に泥を塗るつもりですか。とこき下ろしてくるのに。

そのくせ、アマリエが我慢していると、陰気で自分の意見一つ言えない。地味で華がない。おどおどしすぎている。などと言う。

――今ならわかる。宮殿の貴族らは、アマリエがなにをしても気に入らなかった。

もっと具体的に言えば、幸運だけを頼りに皇后になろうとする娘を、厳しい物言いで引きずり下ろそうとしていたのだと。

(死んでしまった後で気づいても、どうにもならないのだけれど)

ふと笑う。

そうだ。アマリエはとうに気づいていた。

自分が皇后となれなかったこと、そして『皇帝陛下のご命令』で殺されたことを。

ここが、死後の世界であることを。

痛みも温度も感じない中、うっすらと笑う。

周囲に映し出される光景が、殺された瞬間へ近づいていく。

(ほら、ね……)

青空に白鳩が飛ぶ。

アマリエが着るはずだった、純白と銀の婚礼衣装を身にまとうのは、異国の皇女。

壮麗な軍服の上に、深紅のマントをひらめかせ、皇帝として皇后となった娘——イリーヤに冠を授けるヴェンツェルの姿。

打ち鳴らされる鐘と空を舞う花々。祝いの光景が胸を切り裂く。

どうして、どうして、どうして。

そこは、私に約束されていた場所だった。辿り着く為《ため》に努力し続けた場所なのに——!

知らぬ間に目から溢れた涙が頬を伝い、雫《しずく》となって落ちていく。

ひたひたと雨のように続けて落ちる水滴は、足下に辿り着く前に散り消えてしまう。

返してと、みっともなく叫べばよかったのか。

あの皇女を選ばないで。そう泣いて、婚約者だったヴェンツェルにすがればよかったのか。

唇を噛んでうつむいても、そこには答えどころか地面もなく、ただただ闇が広がっている。

画廊のように飾り映されていたアマリエの人生は、やがて一カ所に集いだし、大きな絵となる。

場所はラウエンブルグ公国へ向かう黒の森。

襲われる護衛兵、皇帝の命令で殺せと叫ぶ襲撃者、落ちていくアマリエ。そして。

「いやあああっ！」

声をほとばしらせ叫んでいた。

手を伸ばし、ヴェンツェルの名を呼んだ自分の目から、瞬く間に光が失《う》せていく。

震える唇は青ざめ、胸から突き出した矢尻からドレスが赤く染まっていく。

映し出されている自分の死に様に、呼吸が止まる。

喉に手を当て、ひゅるひゅると嫌な音とともにか細く息を継ぎ、アマリエは膝からくずおれる。

そこは死に至った川縁ではなく、相変わらずの暗闇で、触れる膝からは黒曜石のような冷たさと硬さが伝わってきた。

「私、死んだのね」

改めて思う。

あの生々しい場面が夢だとしたら、どんなによかったか。

だが、触れた胸には矢が突き刺さった時の衝撃が残っているし、体験した苦しみも、痛みも、感覚としてアマリエの中でわだかまっている。

は、と一気に息を吐き、そろそろと吸う。

つたなく深呼吸を繰り返すと、今度は悲しみによる涙ではなく、諦念を帯びた笑いがこぼれ落ちた。

「本当に、私、なんのために八年を……いえ、人生を費やしたのかしら」

好きな人の妻になりたいと努力した日々は、アマリエが物心ついた頃からの人生と重なる。

「あんなに、努力を積み重ねたのに……」

「おやおや。こんなことになってまで、努力の量がすべてを決定すると信じているのかい？　それとも、信じたいのか」

すぐ側から、若い男の声がした。

驚いたアマリエは振り返りざまに尻をつき、そのままかかとで後じさる。

「誰ッ！」

自分でも驚くほど鋭い声が出て、思うよりこの死という状況に心が参り、警戒を募らせているのだと気づく。

「怖いのかい？　君はもう、痛みを感じることもない身分だと言うのに」

くすくす笑いを響かせ、なにもない中空に腰掛けていた男は、優美な仕草で足を組む。

男は、どこか懐かしい雰囲気を醸し出していた。

だが、アマリエの身体から放たれるものより遥《はる》かに強く、大きな光輝を纏《まと》っているせいで、どんな顔立ちなのかよくわからない。

髪の色だって、黒かと思えば、次の瞬間はまばゆいほどの金髪となり、瞬《まばた》きすると謹厳な鉄灰色に変わり、すぐ初雪の銀となる。

手足は柳のようにしなやかに動いていたが、長さや太さが女性ではあり得ない。

もっとよく見ようと目を細めていると、男がああ、と得心の行った声を上げ、ついで、彼の纏う光が和《やわ》らぐ。

「……ヴェンツェル、様……?」

つい、心の中だけの呼び名を口にしてしまうほど、彼は恋した男に似ていた。

もっとも、実際のヴェンツェルより我の強い眼差しと、皮肉の利いた笑みですぐ別人とわかったが。

どこという訳ではなく、目元か、口元か、眉の形か、ふとした表情か、ともかく——似ていた。

ヴェンツェルだけでない。兄のゲルハルトにも、父にも似ているようだし……、他ならぬアマリエ自身にも似ている気がした。

「誰……?　神様、なのですか?」

誰かに似ていながら、他の誰にもない超越した美貌と威厳に、アマリエの身体がおののく。

なのに相手は、瞳の色を青から緑へ変えながら、わざとらしく、ぐるりと目玉を回し笑う。

「冗談だろう。そう呼ばれることはしばしばあるが、神なんて悪趣味で無粋なものに成り下がったことはない」

なんて頭が悪いのだろう、と言いたげな仕草で両手を肩まで持ち上げ、男は頭を振る。

他の者がすれば不躾《ぶしつけ》な態度に怒りを覚えるだろうが、この青年がやると、不思議と嫌味《いやみ》がない。

相手の存在のただならなさに押されつつも、アマリエは質問を重ねた。

「神様でないなら、誰なのでしょう？　そして私がいるのはどこ……」

「見てきたなら理解しているだろう。自分がどうなったのか」

「ではここは死後の世界で、私は、審判に掛けられるのですか？」

人が死ぬと、最後の審判の日に目覚め、天国へ行けるかどうか、神の裁きに掛けられると言う。

アマリエが死んだのはとてもとても昔で、今日が審判の日で、目覚めた……という状況か。

首をひねっていると、青年はとても嫌そうな顔をして溜息《ためいき》を落とす。

「君は死んだ。だが、ここは死後の世界とは違う。……ほんのわずかにずれた場所だ。ここではないどこかで、いつでもない今日。昨日であり明日である場所」

そう告げ、人差し指でしゃがみ込むアマリエを指し、彼は告げる。

「時の狭間《はざま》、あるいは虚無と呼ばれる場所だ」

「虚無？」

地獄だ、と言われるより危険な気がして身を震わす。

（虚無……言葉通り、なにもない場所……と言うこと？）

だとすれば、どうして自分がこんな場所にいるのか。いや、そもそも。

「虚無なら、なにもないのなら、どうして貴方《あなた》と私が存在するの……？」

思ったことが口から出た途端、アマリエを見下していた男が、おや、と眉を持ち上げ姿勢を正す。

「君は意外に頭がいい。……惜しむらくは、生前にそれを活《い》かせなかったことか。まったく、残念だ。非常に腹立たしい」

ぶつぶつと小言を並べ立てられるが、アマリエの知らぬ事情でいらつかれても困る。

まずは質問に答えてもらいたいし、できれば、死んだ自分がこれからどうなるか知りたい。

じっと黙って、青年が落ち着くのを待つ。

そのうち、アマリエの視線に気づいた彼が、決まり悪げに咳払《せきばら》いした。

「そうだね。ここでは時の流れが止まっているとはいえ、君をいつまでも留めておくのは都合が悪い。……さて、君は自分が死んだことを理解したか」

「……はい」

死んだことを理解したか。とはおかしな質問だが、実際、死んでいるのだから仕方がない。

それに、自分が長くここにいるのは、青年にとって困ることも理解できた。

「よろしい。では話を……、いや、外の時間を少し進めよう」

そう言うと、青年は指を鳴らす。

先ほどと同じく、淡く光を放つ鏡のような平面が現れ、像を映す。

全滅した公女帰郷の隊列。帰らぬ妹をいぶかしみ、軍を引き連れて捜索する公国の兄や弟。

慶事の裏でひっそりと行われたアマリエの葬儀では、兄ゲルハルトが厳しい顔で弔辞を読み、弟のヨシュカは美しい顔を歪め、脇に下ろした拳を振わせていた。

大好きな兄と弟や、家令のじいやが無念さに唇を噛む中、葬送の鐘が鳴る。

昔なじみの侍女や料理長は悲しげな顔でうなだれており、アマリエの胸はまた痛みだす。

「これ、は……」

「君のいない世界の続き、とでも言うべきか」

つ、と青年が指を動かす。途端に画像が飛び飛びになり、時間の流れが恐ろしく速まる。

「さて、君が死亡したことが切っ掛けで、バーゼルという名の国は、徐々に滅びへ向かうことになる」

「え……？」

そんな馬鹿な。

皇后にすらなれなかった、取るに足らない娘の死が、帝国の興亡を決定するなんて。

青年の顔から嘘《うそ》や夢らしさを探そうとするも、先ほどのおどけた態度が別人のように、彼は真面目な顔で、アマリエが失われた世界を見つめるばかり。

見ろ、理解しろ。話はそれからだと威する青年の姿に息を呑《の》み、従う。

皇帝の元へ、ラウエンブルグ公女アマリエが賊に襲われ死亡したと届く。

口先ばかりのお悔やみを述べつつ、裏でどこかほっとする宮廷貴族らの中、一人だけ……皇弟にしてバーデン公爵たるエルンストだけが、皇帝に突きかかる。

（エルンスト様が……）

ヴェンツェルから婚約破棄を切り出された時、アマリエにはすでに次の縁談が用意されていた。

――皇帝になった兄に代わり、東のバーデン公爵家を継いだ次男、皇弟エルンストだ。

家柄も、地位も問題ない。面識だってあるし、仲も悪くない。そんな理由を述べられたが、ようは、皇后になれなかった娘への残念賞として、弟をあてがっただけだ。

そのことにも傷ついたし、アマリエを押しつけられるエルンストも困るだろうと思っていたが。

彼は、意外なほど、アマリエの死の責任を兄に問うていた。

一時のことと思われた皇帝と、その弟の争いは、やがて避け得ぬ亀裂となりだす。

同時に、アマリエの兄弟たちが、妹の死の原因は皇帝だと語るエルンストと接触する。

弟とのいさかいから徐々に厭世的《えんせいてき》となり、ヴェンツェルは皇帝としての政務を放棄し、宮殿のいずことも知れぬ隠れ部屋に消えるばかり。

放棄された政務は皇后が代行するが、元は他国の皇女。

ろくに政治も知らず、ゆえに同じ皇帝である祖父を頼り、次々にルーシ帝国の貴族を呼び寄せ、重鎮にし、彼らのいいように国を動かす。

そうなると当然、元からいるバーゼル帝国の貴族らは不満を抱えるが、皇后イリーヤは気づかない。

彼女は、自分に指一本触れようとしない夫に見切りを付け、美しき皇室近衛隊長ヨシュカ・ラウエンブルグ――アマリエの弟と密通を重ね、皇帝ではない男の子を宿し、帝位を奪おうとする。

「重ねられた破滅の積み木は、不義の子が産声を上げた日に崩れた」

青年がぽつりとこぼし、どこか悲しげな目で、燃えていくグリューネブルン宮殿を眺める。

皇后イリーヤは、愛していたはずのヨシュカ・ラウエンブルグによって、子もろとも殺された。

ヨシュカは、殺された姉――アマリエの無念を晴らすため、情を殺し雌伏していたのだ。

すぐ皇弟エルンストを旗印として、ラウエンブルグ公国軍が蜂起し、皇帝の宮殿を包囲する。

皇室近衛隊長ヨシュカの裏切りがあれば、平地にある宮殿など、陥落まで一瞬だった。

歴代の皇帝が座した謁見の間が炎に包まれる。

剣を切り結ぶのは、昏い目をしたヴェンツェルと、復讐《ふくしゅう》に燃える弟ヨシュカ。

やがて弟の剣が皇帝の急所を貫き、こちら側でアマリエが悲鳴を上げたと同時に、彼女が居ない世界のシャンデリアが焼け落ちてくる。

死ぬ間際に微笑を浮かべたのは皇帝か、裏切り者か。

叙事詩をかいつまむように、悲惨な場面を細切れに見せながら、青年は唇を酷薄に歪めた。

「ここでバーゼル帝国は、ラウエンブルグ＝バーデン二重帝国と名称を変える。……だが、最愛の孫娘を殺されたルーシ帝国の老皇帝が、黙って見ているはずがない」

ルーシ帝国から派遣された圧倒的な大軍が、野山を蹂躙《じゅうりん》する。

強奪と飢え、戦争と陵辱に苦しむ人々。

「残されたものは……」

言葉を句切り、青年が指を鳴らす。

途端にすべてが消え失《う》せ、黒の静寂が戻る。

「そんな、馬鹿な……。嘘、でしょう？」

「残念ながら、これは、君が死んだことにより定まった未来だ」

「死んだことにより、定まった未来」

壊れた人形のように青年の言葉を繰り返し、アマリエは呆然《ぼうぜん》とする。

自分の死が切っ掛けでヴェンツェルも弟も死ぬ。

民も苦しみ、バーゼル帝国は地上から姿を消す。

あまりにも大きすぎる物事に、頭の整理が追いつかない。

アマリエの死に皇帝が関わっていた疑いが強い、あるいは証拠があったから、アマリエの兄と弟は復讐を胸に宿し、皇弟エルンストは兄である皇帝ヴェンツェルに反発した。

両者が手を結ぶのは、当然の流れだろう。

なにしろ、アマリエの次の婚約者に推されていたのはエルンストだったし、東のバーデン公爵領と、北のラウエンブルグ公国は領地を接しており、長らく友好的な関係にあった。

冷遇された姉に、婚約者と迎える心づもりであった娘に、哀れを覚えた両者が手を組むのはごく自然な道理だ。

「でも、私は、復讐なんて望んでいなかった……！」

力一杯に髪を引き掴む。

大きく叫んだ声は割れており、それだけに切羽詰まった内心が現れていた。

約束を守られなかったから、皇后になれなかったからと言って、ヴェンツェルを恨んだことなど一度もない。

ただただ、自分の至らなさが悔しくて、悲しくて、後悔ばかりに打ちのめされた。

彼は皇帝として、国の為になるだろう最良の選択をし、アマリエがそこから外れただけだ。

次の婚約者に弟のエルンスト――貴族最高位の青年を打診したのも、アマリエの身に過ぎた厚遇だ。

婚約破棄され、皇后から外れても、皇帝の義妹なら誰もおろそかにしないだろうとの配慮とわかる。

心が納得できなくても、事情の理解ぐらいできた。

そもそも、ヴェンツェルがアマリエを殺したというのが信じられない。

賊は確かに、皇帝陛下の命令だと言ったが――。

(おかしいわ)

目を限界まで開き、必死に記憶をたぐり、状況を重ね推理する。

もしアマリエを殺すつもりであったなら、次の婚約者に皇弟エルンストを推したりしない。

そのことは、皇帝と当のエルンストと合意ができているような話が、宮廷中でされていた。

自分がヴェンツェルの立場であれば、皇帝として、そんな口約束を関係者全員にしたりしない。

アマリエと共犯者のエルンストだけに留め、言い逃れできるよう布石を打つだろう。

だとしたら、アマリエを殺したのは皇帝の名を騙る、別の黒幕な可能性が高い。

「ヴェンツェル様が私を殺すには、色々と矛盾があるわ。なのに、そんなことで兄たちが復讐に走るなんて！　帝国が滅びるなんておかしい。駄目よ、そんなこと……！」

必死になって訴えかける。だが、青年は冷たいとも言える眼差しでアマリエを一瞥《いちべつ》した。

「だとしても、死んでいる君に口は出せない。……残された者の不満と哀れみ、そしてマッチ一本ほどの疑惑が、長く続いたバーゼル帝国を崩壊させていく」

「……させていく？」

青年の言質を探ることで、逃げ場所を探していたアマリエの脳裏で、ちかりと知性の光がひらめく。

「させていく、ということは……今はまだ起こっていない」

消え入りそうな声で自己確認する。

――崩壊させた、ではなく、させていく。

この空間は時が止まっており、平行する世界があると青年は言っていた。つまり。

「平行している世界では、帝国は滅びていない……と」

まるでおとぎ話のような話だ。けれど、辻褄《つじつま》は合う。

「つまり、私がいるのとまったく同じ世界がいくつもあるということですか？　いえ、私だけでなく、あらゆる人々の選択の数だけ、いくつも並んで世界が存在し、やがて、その中の一つが、縒《よ》られた糸のように、決定づけられた運命となる……と」

「本当に、ねえ。それだけ理解できる頭がありながら、どうして使い方を知らないまま死んだのか」

唇を尖《とが》らせて青年がぼやき、え？　と聞き返すも、すぐに表情を取り繕われた。

「まあいい。お嬢さんの指摘通り、今の時点では、仮留めされた未来でしかない。そう。君のドレスを作るのと同じだ」

組んでいた足を解き、勢いをつけて青年が中空で立ち上がる。

それから彼は、玉座から降りるようなもったいぶった仕草で、アマリエの前に来た。

「歴史という布地の上に走る、人生という仮留め糸。それでできている〝現実〟の一つが、今、君が……アマリエが見た未来だ」

腰の裏で手を組み、身をかがめ、アマリエを覗《のぞ》き見《み》ながら青年は告げた。

「君という存在がする選択は、布地のすべてに影響する待ち針だった……という訳さ」

服を押さえる待ち針。つまり、選択という針の刺し方を間違えれば、歴史という布地はゆがみ、選択そのものを放棄すれば、仮留めの未来はばらばらに散逸する。

「私が、選択を誤ったということですか？」

「あるいは、選択も行動もしなかったことが」

うなずき、アマリエの質問を補うことで正解を示し、青年は背を向ける。

投げやりな態度を取られ、アマリエの心を占めていた嘆きが、怒りに取って変わりだす。

「だとしたら、なに？　だとしたら、どうして？」

意味をなさないうめきを漏らし、立ち上がる。

「私が悪かった。だから帝国が滅びて、ヴェンツェル様も私の兄弟も死ぬ。……そんな光景を、とっくに死んだ私に見せて、なにがしたいと言うの！」

人生でこれほど激した声を出したことはない。

強い感情に引きずられて、アマリエの纏う光が輝きを増すが、興奮している本人は気づけない。

「苦しんで反省しろと言うの？　忍耐が足りなかった、駄目だった、と責めたいの？　それで、なにが変わると言うの！」

後悔なんていくらでもした。

忍耐など胃を痛めるほどに重ねた。けれどなに一つ手に入らなかった。

好きな人の妻になるために、どんな努力も厭わず、言われるままに耐えてきた。

そう続けようとして、怒りにまみれた指摘は、生前のアマリエが行動しなかったことに、すべて当てはまるのだと気づく。

（あ……）

努力の量がすべてを決定すると信じているのか。

出会い頭に放たれた青年の言動に、ようやくアマリエの理解が及ぶ。

他国の皇女と比較され、嫌だと言えずおめおめと引き下がったことを思い出す。

努力しただけでは駄目、運命を選択しなかった結果。

つまるところ、アマリエは努力という剣を磨いても、それを振るう度量と勇気がなかったのだ。

「……悔しい」

初めて覚えた感情のような気がする。

悔しい。できなくて申し訳ないでも、できない自分が悪いでもない。単純に悔しい。

運命に抗《あらが》える剣を持って磨いていたのに、振るうことを覚えなかった。

そのために大事な人たちや国を失うことが無念だ。

「悔しい……！　もう一度、やり直せるのなら、絶対に、こんな未来を選ばせたくない……いいえ、選ばせない！」

胸の前で拳をつくり力を込めていると、青年が肩越しにちらりと振り返る。

「死んだ後が威勢がいいねえ。……まあ、傷つく肉体がなければ、いくらだって大口を叩《たた》けるものさ」

「大口なんかでは！」

「じゃあ、できるの？　……皇女イリーヤと比較されて卑屈になって、影でめそめそ泣くばかりで、不遇の一つも訴えられない。夫として人生を共にする皇帝ヴェンツェルどころか、実の兄にも遠慮して相談できなかった君が？　笑わせるなあ」

癪《しゃく》に障るいいぶりだが、青年の指摘は正しい。だが、このまま見過ごせない。

「笑われても……！　私一人のことで皇帝陛下を、兄を、なにより臣民を苦しめるなんて！」

焦れ、灼《や》けるような熱を身の内に感じる。

アマリエから放たれる輝きは、ほとんど太陽のそれに近い。

「やり直せるのであれば、絶対、運命に流されたりしない……！」

叫んだ瞬間、光が弾けた。

青年がまぶしげに手を眼前にかざす中、黒一色の世界が白へと染め替えられる。

やり直せるなら、やり直せるなら。絶対に。

(未来を諦めたり、しない)

思ったのか、叫んだのかわからない。

ただ、光に自身の意識まで塗りつぶされる中、青年が愉快げに笑い告げるのが聞こえた。


――では、しばし、お手並み拝見だ。と。

第二章　再生 ～やりなおしの人生は一年前から～

衝撃が身体を襲い、目を閉じた。

次に腰が痛み、青臭い匂いが鼻を突く。

痛みによる疼《うず》きを避けながら、止めていた息を慎重に継ぐと、手に草葉が触れる。

そろそろと目を開けば、澄み切った春空と飛翔《ひしょう》するつぐみの姿が見えた。

（……ここ、は、現実？）

今し方いた暗闇とはあまりに違う、けれど見慣れた光景に驚く。

（あれは、夢……？）

だとしても、この状況は一体？

まだ感覚が戻りきれない身体を確かめるように、そろりと動かした指が湿った土を掻《か》く。

「生きて、る？　私、死んだはずでは」

浅い呼吸を繰り返しつつ、アマリエは目だけで辺りを探る。

潰れた枝と、目の前にかかる野いちごの赤い粒に、記憶のどこかが揺れ動く。

（ああ、これは……知っている。私、落馬したんだわ）

遠ざかる蹄《ひづめ》の音と、馬のいななき、ついで、供をしていた護衛騎士らがアマリエを呼ぶ声に覚えがある。

――覚えがある。記憶通りの間合いで声が呼びかける。

（そうだ。私、落馬したのだわ。……宮殿の敷地にある野原で）

今まさに起こっている現実なのに、二度目だとわかる異様さに顔をしかめた。

夢だったのか。いや、夢にしてはこれから先のことを自分は知りすぎている。

（だとしたら……過去に戻されたの？）

指をわななかせる。だけど起き上がれない。

「アマリエ様……！」

護衛騎士の一人が青ざめ、側に膝をつく。他の騎士が叫ぶ。

「担架を！　そして医師を！」

間を置かずして、記憶の通り宮廷医師が現れ、脈に触れ、目をのぞき込み、意識を確認し――アマリエは、宮殿内に用意された私室へ運ばれる。

「まあ！　姫さま！　なんということです……！」

国元から着いてきた侍女、アマリエの乳母でもあったエッダが、顔をくしゃくしゃにしながら、担架で運ばれてきたアマリエを助け起こす。

「大丈夫よ……、エッダ」

打撲だけで深刻な怪我《けが》はないが、まだ腰が痛む。

切れ切れに伝えるも、エッダは、大げさなほど頭を振る。

「いいえ！　やはりお止めしていればよかったのです……！　姫様は、昨晩も遅くまで勉学されていて、お疲れだったのに！　あの皇女殿下は！」

なおも言い募ろうとするエッダの口を、あわてて手で塞ぐ。

エッダは豪農の生まれで、当初はアマリエの乳母として雇われた。しかし戦争で夫と実家を亡くし、それを哀れんだ前公爵――つまり、アマリエの父により、そのまま侍女として仕え続けている女性だ。

宮廷にいる貴族令嬢や高級侍女のような機知に富んだ会話はできないが、素朴な性格で、信心深いため、裏表がなく、周囲の噂《うわさ》や悪口など気にせず、愚直なほどアマリエに従う。

が、それは腹芸ができないということでもある。

アマリエを誘った相手――遊学と称しバーゼル帝国へ滞在している、ルーシ帝国のイリーヤ皇女への文句だって、素直に口にしてしまう。

婚約者とはいえ、立場も後ろ盾もイリーヤ皇女より弱いアマリエだ。

一番親しい侍女であるエッダが、彼女へ不満を漏らしたと知られれば、面倒なことになる。

「大丈夫だから」

「そうは言われましても」

「大丈夫。運が悪かっただけよ……」

この日、アマリエは、皇女イリーヤから強く誘われ、気乗りがしないまま乗馬に同行した。

用意された愛馬に貴婦人用の横鞍《くら》をつけてもらい、護衛を担当する騎士の手を借りて乗った。

それから、イリーヤが素敵な馬だわ、と喜び、アマリエの馬の鼻先を撫《な》で回したのだ。

皇后となる娘になにかあってはと、特別におとなしい性格が決め手となり選ばれた愛馬は、どうしてか突然興奮し、引き留めようとする馬丁や騎士らを蹴り散らしながら暴走した。

さらに運が悪いことに、止めようと必死で引いた手綱《たづな》が切れ、アマリエは振り落とされたのだ。

「私が悪かったの」

「そうですわね。皇后となるお方でありながら、馬すら御せないなどみっともない。……皇帝陛下の恥とならぬよう、今後は、お勉強以外もしていただかなくては」

心配顔をするエッダの頭上を越え、冷たく厳しい声が落ちる。

皇后教育女官――、宮廷教育を担当するヴィクラー女史だ。

「……その通り、ですね」

むっとするエッダを押しとどめ、アマリエは既視感をこらえながら同意する。

いつも萎縮してしまう女教師の小言すら、今は気にならない。

(気持ち悪い)

痛みにうめき、侍女たちに手伝われながらドレスを脱ぎ、寝せ着けられたベッドの中で思う。

吐き気がするのは落馬したから――だけではない。

部屋に飾られている花の種類も、数も、風に揺れるカーテンの具合までも記憶通り。

心配顔のエッダが、レモン汁と蜂蜜《はちみつ》でつくった飲料を差し出す事まで先読みできる。

それが気持ち悪い。

確かに過去だと記憶にあるのに、周囲に流れる時間は『今』でしかない。

（死んだはず。なのに、私は……死ぬ一年前に戻っている？）

そんな馬鹿な、と思うが、だとしたらあの青年はなんなのだろう。

夢とするには印象が強すぎるし、なにより。

（この胸を、矢に貫かれて死んだ痛みも、血が喉を迫《せ》り上《あ》がる感覚も……ある）

婚約破棄された日の様子だって思い出せるし、どれだけ泣いたかも覚えている。

単なる偶然にしては、記憶とこれから起こることが重なり過ぎている。

（気持ち悪い……。死んで、魂だけ、一年前に戻されたなんて）

死んだ瞬間から人生を唐突に逆回しされ、時を遡る違和感が、具合の悪さとなってアマリエを苦しめる。

衝動的に、自分が辿《たど》った悲運な人生や、未来の皇后が誰か、夢がなにか、誰彼と構わず問いただしたいのを、かろうじて理性で留めた。

――問い、聞かせて、誰が信じる。

アマリエはこれから一年後、このグリューネブルン宮殿を追われ、故郷への道すがら、皇帝陛下の命令を名乗る何者かに殺害されるなんて、今言えばとんだ被害意識だ。

ついでに、それが原因となりこの帝国が滅びるなどと。

誇大妄想か、あるいは自意識過剰。下手にしつこく尋ねれば、落馬が原因で頭を打ち、精神に異常を来《きた》したとされ、アマリエが知る未来より早く皇后候補から除外されるだろう。

未来を変える。それだけで皇帝と帝国が守れるならと思うが、そうもいかない。

（皇帝陛下の命を騙り、私を殺そうとした者がいる。その正体を探らなければ……真の脅威を退《しりぞ》けたと言えない）

唇を噛み、目を閉じる。痛みをこらえて安静を守るふりで思考を巡らせる。

――あの青年は、アマリエが死亡したから、帝国が滅びると言った。

（なら、私を殺した犯人を探せば、歴史は変わるのかしら？）

ふと思い立ち、記憶を探る。

アマリエが死んで一番利益があるのは、やはり皇女イリーヤだろう。

他に皇后に足る身分の女性がいない。そんな理由でアマリエが皇帝の婚約者――皇后候補に選ばれただけあって、今後数年は、皇后となれる娘は国内に現れないと予想はつく。

つまり、障害となるのはアマリエだけと言える。

バーゼル帝国の皇帝は、血筋ではなく選帝侯――世俗を代表する東西南北の四人の公爵と、皇室および国の宗教指導と儀式を担う二人の大司祭。そして、民を代表する最高裁判所長官。つまり七人の諸侯による選挙で決まる仕組みだ。

しかし、前の皇帝に後継者が残されている場合は、選挙は名目で、追認だけで終わる。

皇帝直系がいない場合だけ、四大公爵家から候補者が出されるが、滅多《めった》にあることではない。

先代の皇帝が戦争による負傷が元で病死し、甥《おい》であるヴェンツェルが新皇帝に選ばれたこと自体が例外。

つまり、アマリエを排除し、皇帝の妻となれば他に敵はなく、絶大なる権力を得られる。

権力的な動機では皇女イリーヤが疑わしいが、当人の性格を知ると違う気がする。

彼女はアマリエより二歳年下で、無邪気で、だれにでも素直に好意を表現する。

あけすけに、「ヴェンツェル様に恋しているの」などと口にしては、笑顔を振りまく――そんな天使のような少女だ。人殺しを指示するようには見えない。

（だとすると、イリーヤ様を推す貴族……？）

これもまた違う気がする。

あれやこれやと考えるうちに、吐き気どころか、ついに頭まで痛くなってくる。

（彼が、私を過去に戻したと仮定するなら……運命の歯車がずれだしたのは、この頃と定められる）

処方された痛み止めのせいか、とろとろと眠くなってきた頭にそれだけを叩《たた》き込む。

（お手並み拝見と、言った）

だから、やりなおすべき切っ掛けは、きっと、ここにあるのだ。

アマリエは目を閉じながら、過去を反復しつつ眠りについた。


――夢を見た。婚約破棄された日の夢だ。

結婚式まで一ヶ月を切ったにも関わらず、アマリエの周囲は陰鬱な空気が立ちこめていた。

貴族、いや、平民の花嫁だってもう少し忙しくしているだろうに、アマリエにはなんの予定もない。

花嫁衣装も仮縫いで止まったまま、式次第の予行演習は延びに延び、儀式について書かれた儀典書を熟読するようにと渡されたまま、なんの音沙汰もない。

ご機嫌伺いにくる貴族令嬢も夫人もいない。

まるでアマリエという人間などいないように、誰も彼もが、皇帝の婚約者である娘を無視していた。

それに反するように、宮廷に滞在している異国の姫、ルーシ帝国の皇女イリーヤの部屋は華やかで賑々《にぎにぎ》しく、人の訪れが途絶えないと言う。

「アマリエ様」

側に着いていたエッダが、止まったままの刺繍針《ししゅうばり》を見て心配げな顔をする。

気晴らしにと、朝から窓辺で刺繍をたしなんでいたが、夕方になろうかというこの時間まで、一刺しも進んでいない。

「大丈夫よ、エッダ。……大丈夫」

おまじないのように繰り返す台詞に、なんの意味もないことなど、とうに気づいていた。

ふと目をやると、部屋にいる侍女の数がまた減っている。

(仕方ないわ。女官たちは遊びで私に仕えている訳ではないもの……。政治がものを言う宮廷で、皇帝から見限られた婚約者に肩入れすれば、後に生きづらくなると考えるのは当然のこと)

刺繍を進める気になれず、けれど、片付ける気力も湧かず、アマリエは窓の外に視線を向ける。

——肩入れするなら、皇帝の寵愛を得ようとする姫がいい。

考えた瞬間、輝かしい銀髪と碧眼《へきがん》を持つ美少女の笑顔が、脳裏に弾《はじ》けた。

天使のように美しい皇女は、皇帝を見初め、彼の愛を無邪気に乞い、祖父である老皇帝に、ヴェンツェルと結婚したいとの望みを訴え、助力をねだった。

そして老皇帝は、可愛《かわい》い孫の願いを叶えるべく、ありとあらゆる手を尽くしだす。

結果など、考えるまでもない。

ルーシ老皇帝の意を受けた外交官らが、バーゼル帝国の貴族や地主に根回しし、資金貸与と引き換えに、孫娘イリーヤを皇帝の妻に推すよう匂わせた。

そして人々は、努力し、自分たちで少しずつ国を癒やし、育てていくより、北の大帝国から援助を受け、可能な限り早く復興し、楽になることを選ぶ。

民は、最初はアマリエに気を遣いながら、最後のほうは聞こえるのを承知で声高に主張しだす。

ルーシ帝国皇女イリーヤの後ろ盾は、アマリエより遥かに上だ。もっと支援が受けられるのであれば、イリーヤを皇帝の妻にすべきだと。

そしてついに、アマリエが皇帝の婚約者に相応しいかを問う重臣会議が、開催され始めたのだ。

心穏やかに結婚の準備を、と言える状態ではない。

黙り込んでいると、エッダが来客を伝えてきた。——アマリエの兄であり、ラウエンブルグ公国君主であるゲルハルトだ。

「ラウエンブルグ公女アマリエ姫殿下におかれましては、ご機嫌うるわしゅう」

（ああ、とうとう、この日が来てしまった）

唇の端を引き締めた硬い表情をし、他人行儀な態度を取る兄の顔を見て、アマリエは悟る。

「皇后戴冠についての会議が終わったのですね」

侍女や、教育担当である皇后教育女官の冷ややかな眼差しに臆しないよう、凛《りん》と背筋を伸ばし、兄に手を預ける。

すると兄は、緊張に乾いた唇をアマリエの手の甲に触れさせ、眉根を寄せた。

「その件について、皇帝陛下が直接話すとのこと。……不肖《ふしょう》ながら私がお迎えに参じました」

「左様ですか。ご苦労様です」

今にも倒れそうなのを、皇后候補だからという誇りだけで耐え、立ち上がる。

それから、兄に手を取られたまま、皇帝の執務室へ移動した。

人払いをした皇帝執務室の空気は硬く、よそよそしさに唇を噛んでいる間に、ヴェンツェルが眉をよせた厳しい顔で、挨拶もなく冷たく告げる。

「決めてもらいたいことがある」

黒髪も瞳も艶を秘め、身を飾る黒の軍装にも乱れはないのに、ヴェンツェルはひどく疲れて見えた。

謹厳で精悍《せいかん》な美丈夫と、宮廷の貴婦人たちを虜にしている容貌も、どことなく影が濃い。

恋焦がれる人の憔悴《しょうすい》した様子に胸を打たれていると、ヴェンツェルが続けた。

「アマリエ、……私の妻として皇妃となるか、婚約をなかったことにするか。お前が選べ」

「皇妃……」

覚悟はしていた、だが、その単語を出されると、やはり胸が痛む。

皇統存続や政略結婚に柔軟に対応するため、皇帝は最大五人まで妻を娶れる。

しかし外交上では、第一人者となる女性を決めておかねばならない。

その為、バーゼル帝国には皇后と皇妃という二つの地位があるのだ。

皇后が、文字通り皇帝の妻であり、皇帝と同じく陛下の敬称を許される比翼であるのに対し、皇妃は、その待遇も権限も数段落ちる。

席次も皇帝の隣ではなく後ろに控えることになるし、行事だけでなく、宮殿での生活においても、すべてを皇后に譲らなければならない。名称だって殿下だし、与えられる皇室費も違う。

いわば、公式的に認められた妾《めかけ》の立場だ。

皇后の代理として皇妃が公務を行うことはあっても、皇后そのものには決してなれない。

(つまり、私に、愛人になるか、それとも、婚約者であったことを忘れるか選べ、ということ)

生真面目な性格のヴェンツェルらしく、綺麗《きれい》に片付けられた執務机の上に、一枚の書状が置かれている。

目を走らせなくとも、それが会議で決定された内容だとわかる。

——ラウエンブルグ公女アマリエは皇后候補から外すべきである。

一行目にそう記された紙をうつろな目で見やる。

バーゼル帝国よりも強大なルーシ帝国の孫皇女、しかも、祖父である老大帝が目に入れても痛くないほど可愛がっているイリーヤを妻としながら、彼女を皇妃に留めるなどあり得ない。

アマリエを皇后ではなく皇妃へ格下げし、イリーヤと結婚して皇后に迎える。

つまりそういう宣言だ。

「皇妃を選べば、陛下にお仕えすることはできるのですか？」

どんな形でも、好きな人の側に居られれば、助けとなれればいい。そう願いながら口にする。

だがヴェンツェルが次に続けた台詞で、アマリエは気を遠くした。

「いや。皇妃となった場合は、そなたの故郷であるラウエンブルグ公国にある、ヴィラヌフの離宮に住むことを許す」

アマリエの甘く幼い夢は、ヴェンツェルの一言で打ち砕かれた。

皇妃を選択した場合、帝都にあるグリューネブルン宮殿ではなく、遠く、皇帝が訪れることなど狩猟期に数度しかない、ヴィラヌフの離宮に住めと言うのだ。

理解したと同時に、裏にある皇帝や貴族たちの配慮を悟る。

イリーヤ皇女の生まれたルーシ帝国の皇帝は、一夫一妻。

彼女の祖父から支援を受ける前提である結婚。なら、皇妃のような妾じみた存在を置いて、イリーヤの機嫌を損ねるなど愚策。

女として花の時期である十八歳からの数年か、死ぬまでか。

アマリエが皇妃に――皇帝の妻の地位に固執するのであれば、離宮で、いつ来るかわからぬ皇帝を待つ、寂しい暮らしをさせるぞという脅しだ。

「そこまで話が進んでいるのでしたら、もう、申すことはございません」

嫌だ、私は貴方の妻に、皇后になるために努力したのに。そう叫びたい気持ちを抑え、アマリエは皇帝が用意した書状に名を記す。綺麗な流線文字で、婚約無効申立書と書かれたそれに。

(抵抗して、嫌だと叫んでも、ヴェンツェル様を困らせるだけ)

自分は皇女イリーヤに敵《かな》わない。美貌も後ろ盾もない。民からも望まれていない。

大帝国の皇女を妻に迎えるならば、それなりの配慮がいる。アマリエが側にいるだけで、ヴェンツェルは対外的にも、内部的にも、心労と危険を背負うことになるだろう。

（私ごときが、ヴェンツェル様の重荷になるのは、いけない）

嫌というほど思い知らされた無力さをこらえ、アマリエは書類に手を添える。

署名するペンの音がする間中、ヴェンツェルはアマリエの方を向こうともせず、イリーヤ皇女が散歩する中庭を窓から見下ろしていた。

「そなたの」

みっともなく震え乱れた署名に吸い取り紙を当てていると、低くかすれたヴェンツェルの声が届く。

「……そなたの、次の縁談についても、もうラウエンブルグ公爵と話は付いている」

「次の、縁談……」

抑えきれない悲しみが震えとなって現れる。なのにヴェンツェルは振り向こうとしない。

「つつがなくアマリエが婚礼の日を迎えられるよう、私から最大限配慮する。以上だ」

一息に告げると、ヴェンツェルは放心のあまり感情を失ったアマリエの方を振り向き、苦々しげに顔を歪め、卓上の鈴を鳴らす。

途端に、扉の裏に控えていた兄が現れ、アマリエを強引に連れ出してしまう。

「どういうことなのでしょう……」

「御前会議で決まったことだ」

引っ張るようにして先を進みながら、兄が肩越しに吐き捨てる。

「皇妃になれば離宮へ。そうでなければ、臣下との縁組みを……。わかるだろう。皇帝の元婚約者であるお前であれば」

半分やけくそ気味に吐き捨て、兄のゲルハルトは喉で呻《うめ》く。

「やがて誕生する皇太子殿下を支える子を産む。それが四大公爵家に生まれた女の、お前の勤めだ」

衝撃に、息が詰まった。

アマリエが皇后候補に選ばれたのは、四大公爵家で唯一、皇帝と結婚できそうな年齢だったから。

逆を言えば、アマリエを妻としたい高貴な血筋の貴族は山ほどいた。

アマリエを溺愛する父と兄により、婚約は十八歳になってからと片っ端から断っていたほどだ。

ヴェンツェルの婚約者となれたのは、相手が皇帝だったから父たちが折れただけ。

皇后に匹敵する学識と礼儀を叩き込まれた娘が野に放たれて、標的にならずにいられない。

どころか、やっかいな元婚約者を引き受けることで皇帝に恩を売り、ラウエンブルグ公国と縁を持てる。

飼い殺しにするには、アマリエはあまりにも希少価値がありすぎるのだ。

誰もいない回廊の突き当たりで止まり、兄は両手で顔を覆い謝罪した。

「すまない。大臣や大貴族の当主らから毎日のように説得され、ついに心が折れた……」

「相手は、誰なのです?」

結婚できないどころか、側にいることが迷惑だと示唆され、さらに結婚相手まで決められた。

むなしさに心がひからびていくのを感じながら、アマリエが問うと、兄は気まずげに伝える。

「バーデン公爵。皇弟殿下エルンスト。……それが、お前の夫となる男の名だ」

兄が渋々口にした夫候補の名を聞いたアマリエの口からは、乾いた笑いが漏れる。

「なんて律儀で……残酷な方なの」

嘆き、つぶやいたアマリエは気づいていなかった。それからわずか三週間後に殺されると――。


闇の中、アマリエは寝台でもがいていた。

長く続く夢の果て、自分が殺される瞬間にうなされながら、苦しみ喘《あえ》ぐ。

どうして私を殺したの。どうして私は殺されたの？

血と、壊れた馬車と、胸を貫く痛み。

届かない希望へ指を向け、助けを求めているのに息ができなくて――。

（苦しい……！）

声にならない叫びを上げたと同時に、アマリエは目を見開く。

「ここ、は」

私室にある寝台の中だとわかるが、辺りは真っ暗で、とても静かだ。

部屋の隅にわだかまる闇の深さにぞくりとする。

真夜中だから人がいない。頭では理解できても、一度命を奪われた記憶が、死の世界に似た闇と重なり、アマリエを恐怖に煽《あお》る。

誰もいない。誰か来て！　私が生きていることを教えて。誰か。誰か。

混乱する頭で、自分以外の誰かの影を探す。

そのくせ、側で人影が揺らいだ時、襲撃者のそれと重なり悲鳴を上げてしまう。

「いやっ……！　いやあっ！」

飛び起き、闇雲に手を振り回す。

天蓋から降りるカーテン越しにアマリエの様子を窺っていた人影が、ぎょっと立ちすくむ。

身動きする影の大きさで相手が男性と気づき、なおさら恐怖が増す。

まさか、やりなおす人生最初の日に、男性に襲われるなんて。

「誰か……！　男性がここに、……助けて、ヴェンツェル様！」

思いついた名前を呼んだ瞬間、カーテンが跳ね上げられ、手首を捉えられた。

再び叫ぼうとした唇が男の肩に触れ、同時に、頭を軽く撫でられる。

鍛えられた体躯《たいく》から立ち上る、松とジュニパーの鋭く高貴な香りに、違う意味で驚いた。

「……あ」

「すまない。驚かせた……。私だ。わかるか。ヴェンツェルだ」

肩の力が抜け、男を突き飛ばそうとしていた腕がすとんと落ちる。

「ヴェンツェル、様？」

目をまばたかす。この光景は知らない。初めてだ。

（そういえば、前の人生では、落馬した後……眠って、翌朝まで起き上がれなかった）

ヴェンツェルから見舞いを打診されたが、暴れる馬を見たイリーヤがおびえている。譲るべきだと侍女らから諭され、私は大丈夫ですから、皇女を優先されてくださいと、いい子の顔をして辞退した。

皇后となる娘であるなら、自分より弱いものを優先させるべきだとの考えを、教師や指導女官から刷り込まれていたアマリエは、いつものように遠慮し、見舞いの話を断ってしまったのだ。

だから、落馬した前後はヴェンツェルと会っていないはず――なのだが。

（死ぬ前の人生でも、ヴェンツェル様は、私が寝ている間に、様子を見に来てくださっていた？）

まさか、と思いながら、不安からつい都合よく考え、心の抑制を緩めてしまう。

「ヴェンツェル様……」

ぎゅ、と男のシャツを握る。

すると、普段ほとんど表情を変えない冷静な彼が、反射的に息を詰めた。

「あ……。申し訳ございません、皇帝陛下」

皇后らしくないことをした。だから、驚かれたのだと思い、おずおずと指を離す。

ヴェンツェルは物言いたげに眉を寄せたまま、ベッド横に置いてあったランプへ火を点《とも》す。

「驚き、怖がらせたのも無理はない。……寝ているようだったから、起こすまいとランプをつけなかった。だが、かえって悪いことをしたな。アマリエ」

オレンジ色の光が、寝静まった宮殿の一室を穏やかに照らす。

（ヴェンツェル様だ……）

久しぶりに間近で顔を見るような気がする。

そして、慈愛に満ちた眼差しを受けながら思う。彼が自分を殺す命令なんてするはずがない。と。

秀でた額に、綺麗に弧を描く眉。髪は黒いけれど、艶《つや》を帯びているため見栄えがよい。

後ろに撫でつけている髪と同じ色をした目は、黒曜石のように輝いていて、とても綺麗だ。

輪郭は少しきつめだが、先代皇帝の元で軍の将校を務めた彼に似つかわしい。

知性と抑制、思慮深さと大胆さを内包する彼の容貌に、誰しもが魅せられる。

見栄えだけでなく、文武ともに秀でているのは、たった一度の選挙で皇帝選出されたことからも明らかだ。なのに彼自身には奢《おご》る処がなく、根気強く臣下の意見を聞き、巧みにまとめてしまう。

皇帝として慕い、男として焦がれ、伴侶として望んだ記憶は、死を超えてなお確かだ。

ただ、前の人生でアマリエが知らないままであった部分もある。

日中は厳格な姿勢を崩さない彼が、シャツ一枚のくつろいだ姿になっていた。

どころか、しっかりとした筋肉が陰影をつくる首筋から喉元にかけて、ボタンがはずされており、見慣れぬ彼の乱れ姿にどきりとしてしまう。

「あのっ……」

「うん？」

記憶より砕けたヴェンツェルの反応に、また胸を高鳴らせながら口にする。

「どうして、このような夜更けに……？」

姿勢を正し、めくれ、腰の辺りでわだかまる布団をぎゅっと掴みながら答えを待つ。

「昼に落馬したと聞いた。見舞いたかったのだが、別の見舞いが長引いてな」

「ずっと、イリーヤ様を慰められていたのですね」

前の人生では口にできなかった不服が、ぽろりと落ちた。

あわてて両手で唇を覆うが、一度声になったものを取り消すなんてできない。

（恥ずかしい。……自分から勧めておきながら、聞き分けのないまま、人を羨む発言をして）

取り消したくて目をそらしていると、ヴェンツェルが小さく息を吐く。

「誰かに、そうするよう勧められたな？　さしずめヴィクラー女史あたりか」

ヴィクラー女史というのは、アマリエの教育を総括する女性である。

結婚してすぐに夫を亡くした二十九歳の女性だ。

夫も子も居ないのに婚家の世話になれないと、単身帝都へ来て、大学で学び、宮廷に侍女としてではなく、女性官僚——女官として採用された才女で、アマリエに付けられていた。

しかし、若くして皇后の教育という大役を担う気負いか、あるいは、引っ込み思案なアマリエが頼りなく見えるからか、指導も、監視の目も厳しい。

なんとか期待に応えようとしているが、ことあるごとに「皇帝陛下は失望なさるでしょう」とたしなめられ、萎縮する毎日だった。

「いいえ、誰かがという訳ではなく。……皇后となる者であれば、他を助けるは当然かと」

ヴィクラーを悪者にできないと、そつなく取り繕うが、ヴェンツェルは苦しげに眉をひそめる。

「皇后となる者であれば、か」

無言の時間が気恥ずかしい。

相手がなにも言わないので、どう話を続ければいいのかわからず困る。

（どうしよう。また会えるなんて……思いもしなかったから）

涙が込み上げるのを、まばたきで散らしつつアマリエはヴェンツェルを見つめる。

二度と手に入らない人、二度と会えない人。そう思って別れた。

それでなくとも、婚約解消の数ヶ月前から、ヴェンツェルとの距離は大きく開いていた。

こうして会えたことに感動するあまり、上手《うま》く会話が続けられない。

「ごめんなさい……」

「アマリエ？」

息を呑む。失敗だ。物言いがただの娘になっている。

これでは、前の人生より早く見限られてしまう。

「失礼ばかりを……。申し訳ございませんでした。皇帝陛下」

唇を引き結んでうつむくと、頭に手を置かれ、そのまま抱き寄せられた。

「ヴェンツェル様……ッ」

かあっと身体に熱が走る。婚約者であっても、この距離は不適切だ。

物心ついたときからヴェンツェルに恋をし、周囲も、悪い虫がつかぬよう徹底して警戒したため、アマリエは男性に対する免疫というものがない。

それに、こんな風に、ヴェンツェルから不意打ちに抱きしめられるなんて初めてだ。

突き飛ばすべきか、いや、それは皇后候補としては……と、めまぐるしく考えを巡らせていると、ヴェンツェルがアマリエの首元に顔を埋めたまま、低い声で囁《ささや》いた。

「どうやら私は、思い違いをしていたようだ」

「思い違いとは……」

失望させてしまっただろうか。おずおずと顔を上げると、真っ直ぐに見つめられた。

「私は、ずっと、アマリエは一人で大丈夫だと思って来た」

「え？」

「忍耐強くことに取り組み、誰よりも強く、皇后らしくあろうと心を厳しく持つ姿勢を崩さない。……誰が皇帝になろうと変わらず支えていくのだろうと。……私で、なくとも」

へいか、と呼びかけた唇が震え、ただ息だけがこぼれ落ちた。

アマリエが、ただの娘として彼と接してよかったのだと言いたげな告白に、目をまばたかす。

（なれなれしい態度は、国の第一貴婦人である皇后に相応しくない、皇帝陛下の迷惑となる。……ずっと、そう言われてきたけれど、ヴェンツェル様の望みは違う……？）

甘やかすように後頭部を軽く叩きながら、柔らかな響きを帯びた声で続けられる。

「考えてみれば、皇女イリーヤ殿下とアマリエは二つしか違わない。しかも落馬した当人だ。……大丈夫なはずがない。大丈夫なはずなど、ない」

「私は……」

大丈夫だと答えるべきだった。皇帝を心配させるなどいけないことだから。

なのに、続く言葉がでない。

「あ、の……。でも、皇帝陛下は」

続けようとした唇を、そっと人差し指で塞がれる。

「今夜、久々に、皇帝陛下ではなく、ヴェンツェル様と私の名前を呼んでくれたな」

取り繕おうとするアマリエの言動を、ヴェンツェルは容易《たやす》く封じてしまう。

「嬉しかった。同時に、お前にどれだけ無理をさせたか気づいた。……闇におびえ、私に助けを求めるほど、アマリエには我慢させていたのだな、と」

許せ、と言われ、じわりと涙が浮かぶ。

「怖かった、です」

落馬したこともだが、こうして、自分を抱くヴェンツェルと別れ、その果てに殺される未来を知る故に、今、震えるほどの安堵《あんど》を覚えている。

ヴェンツェルは、うん、とうなずいた後は、優しくあやすようにアマリエを揺する。

（やはり、これは夢だ……）

グリューネブルン宮殿では、常に周囲の目に晒《さら》され、行動のいちいちに指摘を受けた。

皇帝は唯一絶対のもの、親しくすべきではないもの。皇后であるならなおさら配慮と尊敬を。

そう言われ、いつしか、ヴェンツェルと触れあうことにも気を張るようになっていた。

なのに、こうして夜中に、ただの男と女のように寄り添っている。

「落ち着いたか」

「はい。……そして慰めてくださって、ありがとうございました」

夢かもしれない。

否、自分が死ぬ未来があるならなおのこと、謝罪ではなく、感謝を告げておきたかった。

「私も嬉しかったです。とても」

素直に口にすると、アマリエを抱くヴェンツェルの腕に、一度だけ強く力が込められ、次いで名残惜しみながら離れていく。

どうと言うこともない動きなのに、まるで、アマリエの身体の感触を覚えておこうとでも言うふうに感じられ、頬にかあっと血が上る。

「こ、皇帝、陛下……？」

「……私も、嬉しかったぞ。久々にアマリエが私の名を呼び、甘えてくれた」

はにかみながら告げられ、つい目を何度かまばたかす。

「甘えられて、嬉しい……？」

「ああ。昔のようだった。……皇帝陛下ではない私が、まだ、お前の中にいたのだな」

――皇帝ではないヴェンツェルがいる？

言葉遊びじみた独白に戸惑っているアマリエをよそに、ヴェンツェルがベッドから立ち上がった。

「明日、朝食に誘ってもいいか？」

部屋を去り際に肩越しに振り向かれ、アマリエは考えた。

「いえ、イリーヤ様を御優先ください」

怖くて眠れなかったと朝から泣きながら、イリーヤがヴェンツェルを呼び、侍女たちを右往左往させる未来を知った上で告げる。

するとと彼は下唇を少しだけ引く。親しいものだけに見せる不満を表す仕草だ。

アマリエは素早く先を続けた。

「でも、陛下が朝食後の日課とされている乗馬にはお付き合いしたいです。落馬した後は、すぐに馬に乗った方が上達によいと、兄や弟が口にしていましたし」

がんばります。と締めくくると、途端にヴェンツェルが愉《たの》しげに目を細めた。

「ああ、そうだな。だが、アマリエを一人で馬に乗せるつもりはない。馬丁長には、私の馬だけを用意するよう伝えておく」

悪戯《いたずら》でもする強引さで相乗りを決められ、アマリエは知らず笑顔を見せていた。

そして翌日、二人は、とても仲よく馬による散策を楽しみ、アマリエは久しぶりに、ヴェンツェルとの時間を過ごすことができたのだった。


分厚い本を両手で胸に抱え、アマリエは宮殿内の回廊を歩いていた。

皇帝の執務室や軍の作戦会議室がある右翼棟は、国の政務と軍務の中心となる場所であるため、護衛の兵が多い。そのため、アマリエもとくに侍女を伴っていない。

一人で大丈夫だと伝え、部屋を出てきたのだ。

普段なら、「皇后となる女性が軽々しい」と口うるさく咎める教育女官のヴィクラー女史も、今日は血の巡りが悪いとのことで、休みを得ていた。

回廊には、皇帝の居に相応しく絢爛豪華《けんらんごうか》な絵画や彫刻品が飾られていたが、アマリエの気はそれとは別のところに注がれている。

（私、本当に過去へ戻されたんだわ）

人を超越した存在――神などではない、と青年は言った――と出会ってから、なにかが変わった。

一つの瓶から、同じ形の空き瓶へ中身を注ぎ変えるように、アマリエの意識だけが、記憶、つまり、自分が死ぬだろう未来の情報を持ったまま、一年ほど前に遡っている。

起こることすべてがわかるのだから、過去をやり直していると嫌でも認める他ない。

現に、このところ、アマリエの勉学を担う、帝都大学の教授たちが口をそろえて褒めそやすのだ。

まるで別人のように物覚えがよくなられた。理解力を上げられた。と。

賞賛されながらも、アマリエは居心地の悪い思いを持て余す。

だってそうだろう。

教えられる歴史や経済学は、死んだはずの人生ですでに一度、学び終えたこと。

記憶のすべてが完璧に残っている訳ではないが、大筋や、覚えるべき重点は頭の中にある。

ならば、前よりよい成績が出るのも当たり前ではないか。

口頭試験で満点回答を出すアマリエへ拍手を送る教授らを前に、ほんの少しばかり申し訳なさを覚えてしまうのは仕方がない。

ダンスや芸術方面についても、先になにが流行《はや》るのか知っているから、自然と手を打てる。

アマリエを北の田舎公国から出てきた小娘呼ばわりしていた貴婦人らも、ここ最近では悔しげに、趣味がよいと認めだしており、そうなると、徐々に自信もついてくる。

（でも、奢っちゃ駄目。……純粋に私の手柄とは言えないもの）

ずるをしているようなものだ。過剰評価で己のほどを見失っていると、いつか痛い目に遭う。

（それにまだ、私は、ヴェンツェル様のためにも、この帝国のためにも、役に立ててない）

眉を寄せながら、溜息を胸に納める。

（滅びの未来から逃れる道を、きちんと選択できているのもわからない）

一度目の――自分が死に、それを引き金にバーゼル帝国が滅ぶ人生より、格段にアマリエの評価は上がっていた。

それゆえ、わずかずつではあるが、記憶との違いも出始めている。

（例えば、ヴェンツェル様との関係）

表情を引き締め、顔色が赤くならないことを祈りながら、先日のことを思い出す。

落馬した日の夜中に見舞いに来てくれた。

そして翌朝、約束通り二人で乗馬を楽しんだ。

ヴェンツェルの愛馬に引き上げられ、大切なものであるかのように、そっと腕に抱かれ相乗りし、まだ霧が残る森を二人で散策した。

恋しい人の体温を身体に感じながら、たわいないことを語り合う。

それだけでも夢見心地で、始終鼓動は乱れ気味だった。

軍人でもあったヴェンツェルと同じ鞍にいれば、体格差から、どうしても彼の吐息が耳にかかる。くすぐったいやら、赤くなる自分が恥ずかしいやらで、アマリエがもじもじしていたら、なおさら腰を強く抱かれ、混乱し、後半はなにを話したか覚えていない。

だから翌朝、当然のように、また馬で相乗りして散策をすることになっていて驚いた。

それからは、よほど天候が悪いか、ヴェンツェルに重要な公務が入っているのでなければ、アマリエも彼に相乗りし、あるいは馬を並べ、朝を過ごすようになっていた。

（考えられないほど、ヴェンツェル様と近い）

前の人生では、宮殿で、皇后候補として日々を重ねれば重ねるほど、アマリエが課された試練を乗り越えれば乗り越えるほど、ヴェンツェルとの距離は遠くなっていき、心も絆《きずな》も冷え、凍っていった。

最後のほうなど、ひどく事務的に会話した印象ばかりが強い。

皇后として彼の隣に立つには、自分に才能も努力も足りないから。だからヴェンツェルを失望させ、嫌われ、冷淡な態度を取られているのだ思っていたが、――どうも、違うようだ。

ともあれ、今の二人は出会ったばかりの頃か、それ以上に近い。

勉学や皇后教育についてもヴェンツェルは協力的になっており、今、アマリエが胸に抱いている本も、歴代皇帝の蔵書から借りた希少な事典だった。

二人が顔を合わせる時間が増えるのに比例して、貴族らの反応も、アマリエを小馬鹿にする態度から、歓心や親愛を得ようとするものに変化しだす。

特段、アマリエが変わった訳ではないと言うのに。

（ただ、前よりは……、思ったことを口にするようになった）

以前は知っていても、上手く相手に伝えられなかった。

周囲の目や、失敗を嘲笑されることを恐れ黙り込むか、あるいは模範的で、それだけに毒にも薬にもならない答えだけを口にする。そうすることで、すべてをやり過ごしていた。

だけど今は違う。

一度死にかけ、そして、時の狭間とも虚無とも呼ばれた場所で、不可思議な青年に言われたことで気がついた。

人生において、努力の量がすべてを決定するわけではない。

努力で得た知識や技術を活《い》かすこと、傷つくことを恐れず、述べ、使うことが重要なのだ。

そうしなければ。

（私は死んで、この国は滅ぶ）

成長した弟が、燃えさかる大広間でヴェンツェルを刺し殺す瞬間が脳裏に浮かび、アマリエはあわてて頭を振った。

（させては、いけない。……違う方向に導かなくては）

とはいえ、どの方向かまるでわからない。

自分は、宮殿から実家へ返される途上で殺された。

ならば、ここから出て行かなくていいようにするのが第一か――。

考えてみるが、とてつもなく難しい。

出て行かざるを得なかった理由はわかっている。皇后に相応しくないからだ。

前回、皇后になろうとあれほど努力して駄目だったのに、今回はできるのか。

（ううん。できるかできないかではなくて……。やる、しかない）

努力するだけでは駄目、努力して得たものを活かす。

これを忘れなければ、そのうち、いい案が見えてくるのかもしれない。

もう一つ問題がある。

（私を殺した人が誰だったのかを知らなければ。身を守れず死んでしまえば、どんなに目標をたてても同じだわ）

アマリエは回廊の半ばで足をとめ、考え込む。

（それにしても。……あの青年の目的は、一体なんだったのだろう）

神と呼ばれることはしばしばある。だが神ではない。

（それどころか、神なんて悪趣味で無粋なものに成り下がったことはない、と言った）

神でなければ、残念ながら、やはりそれは人である。

アマリエの心と記憶だけを過去に戻したことに、彼なりの打算や理由があるはずだ。

（私に過去をやり直させることで、彼に利があると考えるのが自然だけれども）

アマリエが死ねば、この帝国は滅ぶ。

逆を言えば、この帝国を滅ぼしたくないから、起点となるアマリエに働きかけたと推測できる。

古今東西、滅びた国など星の数ほどある。

なのにどうして、このバーゼル帝国だけを選んだのだろう。

（今後、どこかで、なんらかの代償を必要とされる可能性も、ある……？）

国一つと引き換えにする代償。思い浮かんだ単語に身を固くした時だった。

脇道から一人の少女が現れ、アマリエにぶつかりかける。

目前に白銀の髪が波打ち広がり、それだけで、相手が誰かわかってしまう。

ルーシ帝国皇帝の孫皇女イリーヤだ。

驚きからか、一瞬だけ表情を硬くしたイリーヤは、すぐに天使のような無邪気な笑顔で挨拶する。

「あら、ごきげんよう、アマリエ様」

イリーヤは、ふわりと広がった桃色のドレスの裾を指で摘まんで、小首をかしげる。

非の打ち所のない可憐《かれん》さに圧倒されていると、イリーヤを追いかけてきた年かさの侍女に咳払いされ、アマリエも挨拶を返す。

「イリーヤ皇女殿下。ご機嫌麗しゅう」

「嫌だわ。同じ姫なのに堅苦しい。イリーヤでいいの。ね？」

くすっと笑い、指で自分の唇をそっと押すイリーヤの仕草は、どこまでも甘く、いとけない。

ともすれば媚《こ》びと映る仕草も、彼女がするとただ愛らしい。

幼い頃に両親を亡くし、祖父皇帝の手で大切に育てられ、雪と氷を一切知ることなく花開いた、北の帝国の白薔薇。

聞くまでもなく耳に入ってくるイリーヤの噂が、胸に冷たく染み渡る。

「……イリーヤ殿下は、どうしてこのような場所に？」

ここは政務棟だ。外交や軍事が語られる国の中枢とも言える。

皇后候補であるアマリエはともかく、異国の皇女がおいそれと入っていい場所ではない。

少しだけ冷たく響く己の声に、わずかに嫌悪を覚える。

前の人生でこの少女は、心のままにヴェンツェルを慕い、妻の座を手にし、皇后となった。

結婚をなかったことにされ、故郷へ帰されたアマリエにとっては、まばゆすぎる光であり、同時に、自分を影へ追いやったもの。警戒心が増してしまうのは仕方がない。

けれど、今のところイリーヤに非はない。

未来に皇后の座を奪われるから苦手です。など狭量を口にするのも大人げない。

微笑《ほほえ》み受け流すべきなのに、そうできない自分が、ひどく小さく醜いものに感じてしまう。

胸の内に複雑な葛藤を抱えだすアマリエに気づきもせず、イリーヤはうふっ、と親しみに満ちた笑顔を見せる。

「ヴェンツェル様を、お茶にお誘いしたくて来たの」

「皇帝陛下を、ですか。……しかし、今日は、やや難しい会議だったかと」

天衣無縫な性格のまま、皇帝の名を親しげに呼ぶイリーヤを、どこか羨ましく思いながら教える。

すると彼女は気を害するでもなく、善意に満ちた目でこちらを見返してきた。

「知っているわ。……だから、待たせていただこうかと。あそこのソファで」

回廊の一角にある面会者用のソファを指し、イリーヤは盛んに目をまばたかす。

長く、水鳥の羽さながらに生えそろった銀のまつげが、彼女の蒼《あお》い瞳を縁取《ふちど》り飾っている。

眼差しの純粋さに虚をつかれていると、側付だろう中年の侍女が、困ったような、それでいて、愛《いと》しくて仕方がないという顔で、イリーヤを見て手を振った。

ああ、人は平等ではないな。と思い知らされる。

アマリエがイリーヤと同じことをしたら、大目玉を喰《く》らうだろうに、彼女はこんなわがままもたやすく周囲に受け入れさせる。

生まれついての皇族だからかと、無い物ねだりの悲しさから目を背けていると、イリーヤが子兎《こうさぎ》みたいにぴょんと跳ねた。

「アマリエ様はどうなさったの？　お仕事ではないのでしょう？」

まだ皇后ではないのだから公務はない。ということを、裏表もなしに言われ苦笑する。

かなわない。これでイリーヤが意地悪をしてくるような娘であれば、まだ、対処のしようはあるのに、まったくの無防備だなんて。

庇護《ひご》欲をかきたてられた男性が、年齢を問わず、こぞってイリーヤにかしずくのもわかる。

「皇帝陛下からお借りした工芸百科事典をお返しするため、執務室を訪ねるところです」

そつなく礼をして、イリーヤから距離を取ろうとする。

彼女は一人で待ちたくないらしく、アマリエの横に並び、親友のように語りかけて来た。

「工芸百科事典……？　図と説明ばかりの本ね。イリーヤは恋愛小説のほうが好き。出てくる殿方がヴェンツェル様のようだと最高だわ！　そう思わない？」

「私は、そのような読み物には疎《うと》く、あまり、得手ではありませんので」

本当は、乙女らしい興味がある。しかし、恋愛小説など読めば、皇后教育女官のヴィクラー女史に
「いやらしい。そのような小説を読む暇があれば、宮廷儀典書に精通ください」と咎められる。

だからといって、お堅い経済書や政治書を読んでいれば、男性貴族や芸術をたしなむ令嬢たちから、影で「ああいう物ばかりよんでいるから冷淡なのだ。情感の豊かさが一つもない。イリーヤ皇女殿下を見習ってほしいところだ」とあざ笑われるのだけれど。

（前は、それで萎縮し、目立たないようにしていたわ）

でも今は違う。死ぬ未来を知っている以上、他人の物差しに左右されている余裕はない。

なるだけ知り、なるだけ動き、運命を変えなければならないし、なにより――。

（ヴェンツェル様が、より心を配ってくださるから）

誰かが駄目だと言っても、ヴェンツェルが許すのならばそれでいいではないか。

「つまらないわ。事典なんて。説明ばかりで物語がない」

イリーヤは頬を膨らませアマリエについてくる。

困った。このまま執務室に連れて入るわけにはいかない。

そう思っていると、突然イリーヤが、貸して！　と声を上げ、アマリエの腕にある本を両手で掴む。

とっさのことに驚き、力の抜けた腕から本が奪われる。

イリーヤは、そのまま楽しげに走り、皇帝執務室の前にいる衛兵に笑顔を見せて扉を開く。

「イリーヤ様！」

ノックもなしに、皇帝の執務室を開くなんて懲罰ものだ。

下手をすれば、間諜《かんちょう》の疑いまで持たれかねない。

なのに無邪気で純粋な皇女は、欠片《かけら》も悪びれず、どころか鈴のような笑い声を響かせ告げる。

「ヴェンツェル様！　アマリエ様が本をお返しに来ました」

（なんてこと！）

室内に飛び込むイリーヤを急ぎ追う。

あの言いぶりでは、アマリエがイリーヤをけしかけたようではないか。

もちろんイリーヤに悪気はない。

彼女はただ、仲よしになりたい娘や、好きなヴェンツェルと、楽しく過ごしたいだけなのだ。

せめてヴェンツェルが不在であればとの願いは、内部が見えた時に打ち砕かれる。

ああ、とうめきながら室内に踏み込む。

皇帝執務室には年老いた廷臣が二人と、皇弟であるバーデン公爵エルンスト、そして部屋の主であるヴェンツェルがいた。

（あれは、軍務大臣と財務大臣……）

両者とも、前皇帝から国に仕える重鎮で、序列や礼儀作法に厳しい質《たち》だ。

とんでもないことになった。これはヴェンツェルだって怒るだろう。

泣きそうになるのを我慢し、潤みかける目をごまかすために素早く瞬きし、気をそらす。

そうして、背筋を伸ばしているうちに、イリーヤは、古く希少な事典を、ぽいとそこら辺に置き捨て、腕を広げながら老廷臣を順番に抱擁し、甘える。

「まあ！　嬉しいわ、お会いできて！　少し待つことになるかと思っていましたの」

悪戯な子兎《うさぎ》から飼い主に飛びつく子犬へ、自然に仕草を変えながら、イリーヤはころころ笑う。

あとはもう彼女の独壇場だ。驚き、むっとした顔をしていたのに、孫のように親しみ深く抱きつかれ、軍務大臣も財務大臣も、しょうがありませんなと笑っている。

エルンストは肩をすくめて壁際に移動しており、ヴェンツェルはそんな弟とアマリエをちらと見て、あとはイリーヤのお茶へ誘う言葉に耳を傾ける。

「そんな時間か。……朝から根を詰めていて気づかなかった」

「一休みする頃合いですわ。それに、わたくしの故国からとても珍しい菓子が届きましたの。是非、ヴェンツェル様とご一緒したくて」

「皇女イリーヤ殿下の配慮、痛み入る。……休憩しよう」

当たり前のようにヴェンツェルが立ち上がり、それを合図に場の空気がますます和《なご》む。

疎外されているような雰囲気がいたたまれず、アマリエは本を皇帝の机にそっと移動させ、気配を殺したまま立ち去ろうとする。

しかしすぐに肩を掴まれ、踊るように、くるりと身体の向きを変えられてしまう。

「えっ……？」

突然、目の前の景色が変わりうろたえていると、肩を掴んだ犯人――ヴェンツェルが、さらに己の身体のほうにアマリエを抱き寄せ、意味深な目配せをし、それから告げた。

「では、お茶会へお邪魔させていただこう。婚約者のアマリエと一緒に」

にこっと笑われても、意味がわからない。

「ええっ！」

「はあ？」

驚くアマリエの声に、怪訝《けげん》そうなイリーヤの声が重なる。そのことに二度驚く。

「えっ、……え？」

「ご迷惑か？　貴族の女性から茶会に誘われた男は、妻か婚約者がいれば、可能な限り伴うものだと思っていたが。ルーシ帝国では勝手が違うのか」

相変わらずアマリエの肩を抱いたまま、ヴェンツェルは演技か本気か、とぼけたことを聞く。

「あっ、アマリエ様をですか？　それは」

困惑した目をするイリーヤに対し、ヴェンツェルが肩をすくめた。

「アマリエを伴えないというのであれば、仕方ない。残念だが、誘いはまたということで」

ぽかんとするイリーヤをよそに、彼はアマリエに笑いかける。

「アマリエ、この後、予定がないのであれば私と温室でお茶を……」

「だっ、駄目っ！　駄目駄目駄目っ！」

ヴェンツェルの腕を自分の胸に押し当てるようにして奪いながら、イリーヤが頭を振る。

「では、アマリエも同席してよいと？」

「あっ……当たり前です、わっ。アマリエ、さ……まが、来てくださる、なんて」

イリーヤの語尾が不自然に揺れているのにどきりとする。

なんだろう。いつもと様子が違う。

美しい天使の大理石像を割ると、中からどろりとした鉛《なまり》が溶け出て、金臭《かなくさ》さを振りまくような。そんな、歪んで具合の悪いものを感じ取り息を詰める。

けれど次に息を吸った時、イリーヤはにこやかな表情で二人に腕を開く。

「当たり前ではないですか。なんて嬉しいことなのでしょう！　ああ、ついでにエルンスト様もいらっしゃって？」

はしゃぐイリーヤを一瞥し、ヴェンツェルの弟であるエルンストが目をそらす。

黒髪黒目は兄と同じだが、あらゆる面で違う。

才能でも文武が兄弟で別れており、軍人として名をはせた兄に対し、エルンストは行政と実務能力、それと学術支援分野に長けていた。

服装も兄と違い、藍色の貴族服に銀褐色のブラウスと、優美さと品のよさがより強い。

大きな特徴と言えば、背に伸びる長い髪を首の後ろでまとめていることと、彼に学者然とした風貌を与える細い銀縁の眼鏡。

けれど、繊細に見えて腹黒で、六歳の差をものともせず皇帝に毒を吐く貴族など、弟のバーデン公爵エルンストだけだろう。

彼は口の動きだけで兄に文句を言ったようだが、角度的にアマリエには読み取れない。

「僕なんかを誘われずとも。未来の皇帝ご夫妻と親交を深められればよろしいのでは？」

「そっ、それでは女性二人に男性一人と、大変に具合が悪く」

「ふーん？　婚約者がいる男性と二人きりで席を囲むのは具合がいいんだ？　皇女の国では、そういう文化なのですねえ」

他の貴族が言えば無学だろうが、各国の学者と手紙で討論する、切れ者のエルンストが口にすれば、ただただ嫌味でしかない。

さすがに、今の毒舌はきつすぎる。ぐすんと鼻を鳴らし、イリーヤが目を潤ませた。

「そういうわけではなく。私は、みんなで仲よく、楽しみたいだけなのに……！」

「十歳やそこいらの子どもならともかく、結婚されていてもおかしくない年齢でしょう。男女の付き合いに関して、ルーシ皇帝イヴァン陛下は、大変、貴女《あなた》に寛容でいらっしゃる。……願わくば我がバーゼル帝国への外交対応や軍事対応にも、その寛容さを賜りたいものですね」

「エルンスト。……それで、来るのか？　来ないのか？」

これ以上イリーヤをつつけば泣きかねないと判断したのか、ヴェンツェルが水を向ける。

エルンストは眼鏡を押し上げ、猫のような目をして笑い、含みを持たせ告げた。

「もちろん行きますとも。……こんな面白いお茶会なんて、久々ですからね」

宮殿の裏にある小庭園は、園遊会などに使う表の大庭園と異なり、こぢんまりとまとまっている。

花も、可愛らしい蔓薔薇《つるばら》が主となっており、皇族の私的な場所という面が強い。

皇帝とその弟、遊学に来た異国の皇女と、皇后候補者であるアマリエ。

端から見ると、なんらおかしな点のない若者の一団は、どこかぎくしゃくした空気を含んだまま、目的地である奥へ向かう。

大理石のあずまやには、銀盤《ぎんばん》でできた小噴水があり、その周囲にお茶の席が用意されていた。

水音と春薔薇で癒やしを得ようという趣向なのか、華やかで遊び好きなイリーヤにしては、楽師も詩人もいない静かなもので、どこか隠れ家めいた空気を醸し出していた。

イリーヤ付きの侍女たちが、気配を感じさせぬまま、精緻な機械人形のように茶席を整えだす。

乾燥させた薔薇の花びらが入った紅茶に、宝石のように透き通る薔薇のジャム。

茶器は、ルーシ皇帝が孫皇女のためにあつらえた、東にある大国・陽華《ようか》の最高級の白磁だ。

「すごい……、こんなに白磁が」

白磁は、雪色のダイヤモンドと呼ばれ、大陸西方の王侯貴族に人気の陶磁器だ。

向こうが透けるほど薄いのに、意外に硬く、触れるとよい音がする。

芸術的な図柄は多彩かつ独特で、家を傾けても珍品をと望む収集家も多い。

しかし東の陽華国は、広大な砂漠の向こうにあるため、輸入磁器の大半は、陸路にせよ海路にせよ割れてしまう。そしてますます希少価値は釣り上がるという図式だ。

茶碗《ちゃわん》一つで馬一頭、花瓶一つで花嫁一人。

それほど高額な品を、普段使いの茶器とできるのも、大帝国の皇女ならではだ。

もちろんヴェンツェルも多少は所持しているだろうが、一つのシリーズで茶器を整えられるほどの富はバーゼル帝国にない。

豊かであった時代ならともかく、今は戦争から立ち直ろうと試行錯誤している最中だし、ヴェンツェル自身も、贅沢《ぜいたく》や趣味への傾倒などより、民を守ることをよしとする手堅い性格だ。

普段より緊張しながら茶器に触れ、持ち上げようとして指を引く。

アマリエの器に注がれた紅茶はひどく熱く、かなりぎりぎりまで満たされていた。

東の国の茶器には持ち手がない。これは冷めるまで待たなければならなさそうだ。

(注ぎすぎだわ……。侍女も緊張しているのかしら)

これだけ高価な食器であれば無理もない。

ひりつく指をそっと膝に隠し、嘆息していると、正面に座るヴェンツェルのそれと重なった。

「どうかされたのですか?」

休憩中でも皇帝然としているヴェンツェルにしては珍しいと、溜息の理由を問う。

「いや、これほどの茶器とはな」

どうやら、豪華すぎる茶会に戸惑っているのは、アマリエだけではなかったらしい。

エルンストも、若干、辟易《へきえき》した表情を見せている。なのにイリーヤは気づかずにこにこ笑う。

「先月、十六歳の誕生日を迎えた祝いにお祖父様《じいさま》が下さったのです。いずれ皇帝か王に嫁ぐのだから、今から最高級品を知っておかなければ、国母《こくぼ》となった時に威厳や気品が劣るからと」

無邪気に言われた台詞に、胸がチクリと痛む。

姫と言っても、帝国の一部である属国の出では、最高級品は手が遠い。

相手に悪気があれば、反論のしようもあるが、イリーヤはあくまでも素直に祖父の考えを述べただけ、という調子で、全員にあけすけな笑顔を向けていた。

「イリーヤ皇女は、我がバーゼル帝国より豊かな帝国に嫁がれる模様」

ぼそりとエルンストがつぶやくが、それに対してイリーヤはまったく反応せず、優美な手つきと歌うような声でヴェンツェルにお茶を勧める。

「そうだな。我が国の皇后にはここまで贅沢はさせてやれんな。今のところは、だが」

「朝から会議でしたが、悩ましいことでも？」

イリーヤがいるのに内政の話をするのはまずいだろうか。

一瞬ためらうも、ヴェンツェルの芳《かんば》しくない、だが、なにか言いたそうな表情を見て水を向ける。

「ああ。……先の戦争で、国の南領域を守る要塞がことごとく被害を受けたが、資金不足で補修が完了していない。今年の収穫高は悪いだろうし」

バーゼル帝国は八年前まで、南にある異教徒の国から攻撃を受けていた。

敵の王が病没しなければ、バーゼル帝国という名称は、とっくに歴史から消えていたかもしれない。

（……そしてヴェンツェル様が懸念されている通り、今年は冷夏となる）

目を細めながら、時の狭間で、あの青年と見た国の歴史を思い出す。

（要塞の補修にしかお金を回せず、河の増水に対応できなかった）

国最大の穀物貯蔵倉庫も水浸しとなり、小麦やじゃがいもの大半が駄目になってしまうのだ。

今、手を打たなければ、国は次々に不幸に見舞われる。

アマリエが表情を引き締めると、ヴェンツェルが腕を組み続けた。

「戦争が終わり、兵だった男たちという人手はあるのだが、雇うだけの資金がない。……軍部や西の公爵は、税を増やすか、資金を借りるのもやむなしとせっつくのだが」

「民に負担を掛けることで、貴族への反発が起こることを懸念なさっているのですね」

税金を上げるのは簡単だが、ものごとには限度がある。

戦争は数年前に終わっているが、生活を立て直しきれてない民は、まだ多いだろう。

「財務大臣と、帝国の重鎮とされる、東のバーデン公爵とやらが大反対している」

ちら、と当のバーデン公爵――弟のエルンストを見つつ、ヴェンツェルが茶を含む。

見られた方は、素知らぬ顔で焼き菓子を摘まんでいた。

なるほど。だから財務大臣と軍務大臣、それにエルンストが皇帝の執務室にいたのか。

朝の御前《ごぜん》会議では決着がつかず、個別議題としてやり合っていたのだろう。

「あら、そんなこと。簡単に解決しますわ！」

ヴェンツェルの隣の席を占めていたイリーヤが、ぱちりと手を合わせて微笑した。

「またお祖父様に融資を頼めば問題ありませんの。孫娘の遊学先ですもの。断られませんわ」

「そうかもしれない、が」

他国から金を借りることを渋るのは当然だ。その国に対して頭が上がらなくなる。

金を貸したことを理由に、ルーシ帝国派の貴族へ職位を与えるよう口出しされかねない。

イリーヤにも、さらに優遇と配慮を注がなければならない。

なにより、この借金ではまったく物事が解決しないのを、今のアマリエは知っていた。

かつての歴史――、つまりアマリエが殺される歴史では、この時、イリーヤが仲介し、バーゼル帝国はルーシ帝国にお金を借りることになる。

けれど、五十年も玉座にいるルーシ皇帝イヴァンは老獪《ろうかい》で、希望金額の六割を貸すに留めた。

残りを補うべく増税し、民の財布から金が減った処に不作が訪れ――、対策にさらに金を使い、借金で弱り……と、悪循環に入っていくのだ。

果てにイリーヤから結婚をねだられ、ヴェンツェルは断りきれず――アマリエを捨てる。

彼の想《おも》いがどこにあるのかはまだわからないが、あの人生で、婚約破棄するか、妾《めかけ》である皇妃となるかを迫った状況が、よりはっきりと理解できた。

前はただただ嘆き、自分の努力が足りないと考えていた。

（確かに努力が足りなかった。……自分を磨く努力ではなく、世界を見て、変えようとする努力が）

テーブルの下で拳をつくり、ドレスを握る。

「私は、増税も、他国の援助を受けることも反対です」

「アマリエ？」

「他のやり方を考えるべきです」

前は、そんな声も出せなかった。増税よりいい案がわかっていても言えなかった。

だけど今は違う。変わらなければ。――歴史を変えなければ。

毅然《きぜん》と前を向く。するとヴェンツェルも姿勢を正す。

「借りず、増税もなしに金策が可能だとでも？」

今日だけでなく、数日前から存分に検討してきたのだろう。

細められたヴェンツェルの目は、妹のような存在を見る優しいものでなかった。

彼の瞳には鋭い光があり、為政者が臣下に意見を問う時のそれだ。

（よそから借りない、民から取らないで、国の財政を潤すなんて、夢か魔法だけれど）

しかしアマリエは、その魔法じみた力により過去をやり直している。

（だから、良案を返せる）

アマリエは紅茶の入った白磁を持ち、テーブルを囲む全員に見える高さに上げる。

「磁器工房への投資を働きかけるのです」

失敗したら、との不安が頭をよぎる。テーブルの下では膝が笑っている。

でも、今はこれ以外にないと訴えるべきだ。アマリエは自分の知識を頼りに勇気を出す。

「ご存じの通り、西方諸国を中心に、北のルーシ帝国に至るまで、貴族はこぞって白磁を手に入れようとしています。……輸送中に破損することから、その価値は天井知らずですが、原料は陶石と呼ばれる鉱物を砕いたもの。バーゼル帝国でも十分入手可能です」

やれやれ、素人は、と言う風にエルンストが苦笑する。

「目の付け所はいいけれど、問題があるよ。……磁器の製法は陽華国独自のもの。各国の王侯が投資し、陶芸家に研究させているけれど、いまだ秘密は明かされていない」

帝国始まって以来の秀才と呼ばれる彼なら、当然の反応だ。けれど、勝負はここからだ。

「陶芸家で解明できたものはいません。ですが錬金術師に一人、解明したものがいるのです」

エルンストだけでなく、ヴェンツェルやイリーヤまで目を大きくしてアマリエを凝視する。

「多くの陶芸家が、磁器は陶石に硝子を混ぜて焼いたものと考え、その配分を研究していましたが、真実は違うと、ある錬金術師が気づきました」

あえて言葉を切り、アマリエは一呼吸をおいた。そうすることで聞く者達の好奇心が煽られると、皇后教育の中で学んでいたからだ。

「どうしてアマリエがそんなことを知っている？　学問に長けるエルンストさえ知らないことを」

引き合いにだされたエルンストは、開いた口が塞がらない顔をしているし、イリーヤに至っては、馬鹿馬鹿しい、という風に退屈な表情さえ見せていたが、ヴェンツェルだけが真剣だった。

「兄が私にぼやいたからです」

「ラウエンブルグ公爵が……？　訳がわからないな」

「兄は、土塊から金を生むという錬金術師……ベドガーの話を信じ投資したのですが、結果として渡された通りの製法でものを作っても、黄金にならない。……公国の主が騙《だま》されたとあっては恥さらし。部下に命じてその男を地下牢《ちかろう》に閉じ込めたが、とにかく、本をよこせ、ペンはどこだとうるさいと」

まるでたわいないおとぎ話、兄に聞いた話から知ったと言うふうに笑いながら首をかしげた。

もちろん内心は違う。すべて、知っている未来のことだ。

アマリエが皇后になりそこねた際に、雑談として兄から聞いて、気づいたのだ。

――公国の地下牢にいる錬金術師は、陶石から磁器を生む方法を明かしたのかもしれない。と。

婚約破棄による帰郷後、兄を補佐し、産業として立ち上げる予定だったが、アマリエは死亡した
その数年後に、兄と手を組んだエルンストが、アマリエが残した手紙と、それに記されていた計画
をすべて引き継ぎ、成功させ、得た収益は、ラウエンブルグ公国が帝国に反逆する資金となっていた。

（その知識を前借りするだけ。……でも）

ちらりとイリーヤを見る。

実現すれば巨万の富を産むだろう国家機密を、異国の皇女の前で話せない。だからぼかす。

「なんど兄が尋問しても、ベドガーは、「土を黄金に変える方法はすでに教えた」としか言わないと。

……興味がでましたので、製法を見せていただき、ベドガーを罰しないようお願いしました。……陶
石を白磁に変える製法を生み出したのです、生産まで導ければ、それは黄金どころの価値ではない」

「国の根幹を成す産業ともなりうる……」

つぶやくが早いかヴェンツェルは席を立ち、アマリエの腕を引く。

「詳しい話ができるか」

「兄上！　そんな、馬鹿げた話を信じるのですか」

思わず声を大きくしたエルンストを一瞥し、ヴェンツェルは言い放つ。

「話を信じるのではない。私は、アマリエを信じるのだ」

毅然と言い放たれた言葉に、なぜかイリーヤが顔を強《こわ》ばらせた。

甲高い音が響き、侍女が小さい悲鳴を上げる。

驚き、息を呑むと、侍女たちが怯《おび》え、うろたえていた。

「なにが……？」

問いかけは、喉の奥で詰まっていた。

見れば、イリーヤが使っていた茶器の杯と受け皿が、大理石の上で砕けていた。

白磁の欠片に目をやり、イリーヤはふと目を和ませる。

「嫌だわ。……腕で払ってしまったみたいですわ。淑女としてあり得ない」

破片を片付けるべきか、それとも、どうしてか指から血を流す主——皇女の手当をするべきか、おろおろする侍女たちの中、場違いなほど華やかにイリーヤは微笑み首をかしげる。

「磁器程度のことで騒ぐなんて、みっともありませんこと。……そうでしょう？　アマリエ様」

軽く弾んだ甘え声は、いつも通りの彼女なのに、どこか、いつもとは違う気配を、獲物を追い詰めようと身を伏せる猫科の獣のような気配を感じてしまう。

声を出せず、立ちすくんでいるアマリエの肩が力強く抱かれた。ヴェンツェルだ。

「ああ、たしかに磁器程度だ。……しかし、我が帝国にとっては、大きな意味を持つことになる」

言い切ると、ヴェンツェルは茶席を辞す詫《わ》びを入れ、渋面をするエルンストに任せたと言い放ち、アマリエの手を引き、あずまやを抜ける。

執務室まで戻るのももどかしいのか、庭園の脇道から林へ入り、野薔薇《のばら》に縁取られた小道へ行く。

春の終わりを迎えた皇族専用の狩猟森は、新緑と野の花に溢れていて、そこだけ、宮廷や貴族と関係のない別世界に見える。

そういえばヴェンツェルと初めて出会ったのも、婚約を言い出されたのも、こんな天気の庭だった。十歳の頃を思い出し、どきりとしている間に、彼は護衛を下がらせ、アマリエに説明を促した。

「先ほどの話からすると、磁器を作る錬金術師は、もうラウエンブルグに居るのだな？」

ヴェンツェルの問いにどこか引っかかりを覚えたが、相手の気迫に押されてしまう。

「はい。公国の地下牢——といっても、貴人や収賄をした役人を入れる場所ですが。そこに」

公国の主を騙した罪で罰したいが証拠がない。しかも、土木に治水にとめっぽう役立つ人材のため、無下にもできず、兄はベドガーを客人待遇で軟禁しているという。

普通なら、外に出られない生活に参るだろうが、もともと引きこもり気質のある学者。

ベドガーは、ちょっと変わった書斎程度にしか思っておらず、この機会にと、代々のラウエンブルグ公爵が集めた蔵書を読みあさっているらしい。

「して、白磁の製法とは？」

「白い砂糖を高温で煮詰めると粘り、やがて透明な飴《あめ》となるように、陶石を焼く温度に秘密がある。……通常の陶器より遙かに高温の炉で、白磁は作られていたのです」

きっぱりと言い切った途端、ヴェンツェルが感嘆の息をこぼす。

「どの国の学者も、陶芸家も、材料に秘密があると思い込んでいたが、……温度か」

「バーゼル帝国は、他国より国土が狭くありますが、材料となる珪石《けいせき》も陶石も採掘量は多い。また、職人ギルドの支援環境や、芸術家や画家の手の細かさにも定評があります。磁器の生産さえ成功させれば、絵付けに関してはなんの心配もありません。問題は高温の窯《かま》ですが」

「それに関しては大丈夫だ。陶石の産地であるメイセンの皇帝直轄工房に、兵器として使う硝子や陶部材の研究用吹き下ろし窯がある」

常にゆったりと語るヴェンツェルさえ、早口になっている。それだけ、アマリエの案が実現性も、有用性も高いとみなしているからだ。

「彼を帝都に迎え、皇帝として身柄を引き取り、研究環境を整え、彼に工房を監督する席を与えれば、すぐに結果が出ると思います」

前回の歴史では、兄はベドガーの言葉を信じなかった。

先端科学の原理を理解できず、また、理解するだけの知識を得ていたアマリエは、帰郷の道中で殺され、この大発見の実現まで数年以上を要した上、帝国を滅ぼす糧《かて》となっていた。

(今回は、繁栄に役立てることができる！　だれも不幸にしない！)

頬を紅潮させながら、自分の役割を理解しだす。

歴史の手札を揃《そろ》える。それで帝国を、なによりヴェンツェルを非業の運命から救うのが、アマリエのやるべきことだ。

「アマリエ、礼を言う。……この話を、もうお前が知っていただなんて」

厳しい表情が一変して笑顔となる。曇り空から突然太陽が現れたような輝かしい表情に、目どころか心を奪われ、見とれた。

(あ……)

この顔だ、と確信する。ヴェンツェルのこの笑顔に、恋をしたのだ。

ちょうど十年前の秋、アマリエと皇帝の顔合わせが設定された。

ラウエンブルグ公国で行われる狩りにかこつけ皇帝が訪れ、念入りに書かれた台本通りに、二人は出会った。

しかし、社交会へのお披露目《ひろめ》すらしていない幼女と、二十の若き皇帝で、会話が弾むわけもない。

どちらの口数も少ないまま、時間通りに温室でお茶を飲み、勧められるままに二人で散歩する。

生まれて初めて、家族以外の男性と二人きりにされたことに緊張したアマリエは、小道で躓《つまず》き、父が大事にしていた薔薇をドレスに引っかけて折ってしまった。

目を潤ませ、泣くのをこらえていると、機転を利かせたヴェンツェルが、折れた枝から薔薇を摘み取り、丁寧に棘《とげ》を払い、「皇帝が贈り物として折ったと言えば、大丈夫だ」と、婚約を願う言葉と共に差し出した。

幼いアマリエは、それでヴェンツェルに恋をした。

ヴェンツェルのほうは、一度もアマリエを女として愛したりしなかったのだけれど。

かつて見た笑顔を、ほろ苦い記憶とともに思い出していると、菩提樹《ぼだいじゅ》の枝がそよぐようなしなやかさで、ヴェンツェルの手がアマリエの顔に伸びた。

「アマリエ」

甘い声で名を呼ばれ、武人らしい乾いた親指がそっと唇を撫でた。

「ヴェンツェル様？」

感謝にしては、やり過ぎだ。

不意打ちの近さに赤面していると、ヴェンツェルの目に今まで見たことのない、艶《つや》めいた光が宿る。

（……えっ？）

どきりと心臓を弾ませたと同時だった。

顎を持ち上げられ、身を傾けたヴェンツェルの顔がみるみる近づき、次にはもう重なっていた。

柔らかく、引き締まった感触が、アマリエの唇に熱を移す。

（キス、されている？）

頬や額への、親しみや、からかいを含むものとは違う。

婚約の場で交わした儀礼的なものとも違う。

有り余る熱情を伝えたいと、礼儀を逸脱してまで触れる行為は初めてだ。

うろたえ、完全に頭を真っ白にするアマリエに対し、ヴェンツェルは、二度、三度とついばむように口づけを重ね、それから、ありがとう。と囁いた。

「ヴェンツェル様……」

顔どころか首まで熱い。身体中が真っ赤になっている気がする。

検討するため執務室へ籠もると言い残し離れて行く婚約者の姿を、夢見心地で見送る。

（信じられないわ。……こんな、ことって）

歴史が変わると、ヴェンツェルとの関係まで変わるなんて。

（期待しては駄目。まだ、未来はわからない）

必死に己に言い聞かせていたが、鼓動が速まるのは、もうどうしようもなかった。

第三章　奮闘～アナタを不幸になんて、させない～

「そうなると、絵柄は東洋の図案を真似《まね》るのではなく、こちらの植物……とくに女性が好むものがいいだろうね」

皇帝の名義で新たに磁器工房を開く。

そのための打ち合わせや、資料作り専用となった会議室で、エルンストは図案が描かれたスケッチブックを大テーブルに広げ、コーヒー片手に思案している。

「あちらのものは赤や藍と、色がはっきりしています。それはそれで異国情緒があってよいのですが、こちらの国のお茶会で使うとなると、部屋や場に合わせるのにコツが要《い》ります」

淡いピンクで薔薇が描かれたものや、スズランを愛らしく表現した画を引き出し、試作品である無地のカップの前へ並べる。

花の蕾《つぼみ》のように優雅な膨らみをもち、立体感があるカップの表面は、真珠のように艶めいている。

西で多く使うのだからと、アマリエの発案でつけてもらったカップの持ち手は、白鳥の首のような形をしており、全体の繊細さと白さを際立てていた。

「お茶となると、やはり男性より女性が触れる機会が多いので。こちらの庭園や室内になじむ色合いをした花の柄がよいかと。……ですが食事会用の皿などは、簡素に」

「見た目が寂しくならない?」

「主役は料理ですから。……これだけ皿が白いなら、どんな色のソースも映えるでしょう」

試作品として作られた、肉料理用の皿を取る。

まぶしいほど白い上、なめらかな表面には品のいい光沢がある。

「工房長のベドガーによると、皿の縁にはすべて金彩《きんさい》を施《ほどこ》すそうなので、充分に美しいかと」

目を閉じて、記憶を探る。

次元の狭間で見た過去や、自分が死んだ後の未来。

それらの場面に出てきた食器や情報に集中しながら、慎重に意見を述べる。

「陽華国のものに劣らず白いこと、上品であること。女性が好み、つい手を伸ばしたくなるようなもの。……これが大事だと思います」

「まあね。高級食器なんて、男が吟味することはないし。……陽華をまねて、収集家向けの馬鹿でかい花瓶を作るとか、壺《つぼ》を作るとかしても、二番煎じだ」

エルンストが笑顔を見せる。同じように笑顔を浮かべながら、アマリエはそっと足を引く。

実のところ、エルンストは少し苦手だ。

彼自身がどうこう、という訳ではない。

友人として、あるいは未来の義弟としてならば、これ以上信頼でき、話題も楽しい相手はいない。

本を読み、芸術を鑑賞することや、学術への興味など、アマリエとの共通事項も多い。

皇帝であるヴェンツェルと同席する際は、礼儀作法を守れているかを厳しく監視するヴィクラー女史も、エルンスト相手にはさほど構わず、いつも用事で席を外したりするから気楽だ。

兄弟に等しい、安心できる数少ない相手であるのは間違いない。

ただ――。

（もし、あの時死ななければ、私は、エルンスト様の花嫁になっていたというのが……）

口端が引きつってしまわないよう細心の注意を払いながら、アマリエは図案を選ぶふりをする。

破談となり、宮殿を追われ、ほとぼりがさめたら元婚約者の弟に嫁ぐ。

そんな未来を用意されていた記憶があるからこそ、つい警戒してしまう。

どこかで間違って、そちらへ進む分かれ道への一歩を踏んでしまわないかと。

（エルンスト様と男女の色恋なんて、絶対にあり得ないのだけれど）

ちらと相手を盗み見る。

理知的な顔立ちも、優雅な立ち居振る舞いも魅力的だが、どきどきはしない。

機知に富んだ会話や、高貴な家に生まれついた青年らしい品のいい物腰。

貴族令嬢どころか、他国の王女からも色目を使われるほどの人気だが、エルンスト本人は、「めんどくさいから、恋愛は結婚してから始める」と宣言してはばからない。

誰にでも等しく優しく、絶対に特別を作らないゆえ、色めいた話で噂となることも多い。

しかし、彼の恋人の名は？　と尋ねれば、誰しもが口をつぐむ。そんな状態だ。

（きっと、知らなくていい未来を知っているから、自意識過剰になっているだけ）

一度だけ深く呼吸をして、彼に向き直る。

学識者として他国の文化に詳しく、帝国の陶芸工房を管理・監督する役を担っていたエルンストと、発案者のアマリエが一緒にいることはおかしくない。

磁器の製法は極秘だ。工房だって軍の火薬倉庫なみの警備がされている。

機密保持に厳しいため、会議室には侍女どころか、教育女官のヴィクラー女史すら入れない。

それでも、二人きりというのは珍しい。

大体は、工房を統括する元錬金術師のベドガーや、彼の弟子、それに財務関係の担当者も、試作品をどこに送るか、とか、どのように販売していくか、という意見交換に関わっている。

しかし今日は「新しい技術を使った試作品が、弟子から届けられた」と言ったきりベドガーは席を外し、他の担当者は別の会議に呼ばれ、半時間ほど前からエルンストと二人っきりだ。

(変な噂にならなければいいけれど)

一旦噂となれば、お互い難しい立場になるだろう。

(あまり、長居しないように気をつけなくては)

水仙を描いた柄を指で辿っていると、ふと横顔に視線を感じた。エルンストだ。

「あ、ええと、他にもなにか？　なければ」

引き取る切っ掛けを捉えようとしたのと同時に、彼が言葉を被《かぶ》せてきた。

「アマリエは、変わったよね」

「突然、なにを」

「生まれ変わったとか、別の誰かが取り憑《とつ》いた感じがする」

ぎくりとするアマリエを置いて、エルンストは図案に視線を戻しつつ続ける。

「ちょうど落馬した辺りからかな。なんと言うか……違う気配がする。その頃からだよね、行動が積極的に変わり始めて、君の評価が上がりだしたのって。……ねえ、なにかあった？」

「ら、落馬して、死の淵《ふち》をさまよって、度胸がつきましたと言うか。今やらなければという思いが強まったと言いますか」

まるでさび付いたように動きを鈍くした指を、無理に動かしながらつじつまを合わせる。

半分は本当だが、半分は嘘だ。

普段は、そう？　と引き下がってくれるエルンストだが、今日は違う。

「ふうん？　落馬してもすぐ意識を取り戻したし、打ったのは腰だって聞いてたけど」

「そうですが、痛みで、こう」

頭に手をやり、ますます疑いの眼差しを向けられる。

(しまった、腰だったわ……！)

泣きそうになる。

エルンストはいつの間にか、図版ではなくアマリエを観察していた。

「……あのさあ、はっきり聞くけど。アマリエ、君、ひょっとして」

神経質そうに眼鏡の縁を持ち上げられ、冷水を浴びせられた心地になる。

「ひょ、ひょっとしまして？」

死んだこと、過去に戻って人生をやり直していることを見抜かれたのだろうか。

（いや、まさか）

否定しようと内心だけでつぶやくが、あの青年は、アマリエが鍵となってバーゼル帝国の運命が滅びに向かうと指摘したが、アマリエだけが鍵であったとも、アマリエのみをやり直しさせるとも言っていない。

可能性は低いものの、自分以外の人間が同じ流れを辿り、あの青年に、「やり直し」をさせられていてもおかしくない。

ごくりと喉を鳴らし、エルンストを見つめていると、彼は表情を隠すように目を細めた。

「誰かの墓を蹴倒したとか、ほこらみたいなのを馬で踏んづけて壊したとか、死にかけている純白の蛇や狼《おおかみ》に触《さわ》った……とか、してないよね？」

「へ？」

予想だにしない質問に、間の抜けた声をだしてしまう。

「いや……その……なんて言うか……」

赤くなりながら顔を背け、彼は首の後ろや喉元をせわしなく爪で掻きだす。

エルンストはなにを聞きたいのだ。

疑問に思っていると、気まずげな表情で舌打ちされた。

「他に人がいると気にならないんだけど、二人きりだと、なんか刺さるんだよねえ……。霊とか、異形の気配とか、そういう人外に取り憑かれていると言うか、好かれている気配みたいなの」

はーっと大きく息を吐き、腕を擦りながらエルンストは顔をしかめる。

「ほら。僕、小さい頃から……その手の感覚に敏感で」

「人ならざるものが見える。……でしたか」

一度気になりだすとひどくなるのか、エルンストはしきりに肩を引っ掻《ひか》きながら眉を引き下げる。

「そう。祖先とかが見えちゃう。……親や周りが嫌がるし、妄想っぽいから口にしないようにしているんだけど。子どもの頃と変わらず、見えなくていいものがたまに見える」

死んだ人が見えて、身振り手振りで伝えてくることがわかる。

いわゆる霊媒体質というやつらしい。

「私が祖母の遺品をなくした時も、在る場所をあてて下さいましたね……」

数年前か。まだ、故郷であるラウエンブルグ公国に居た頃、祖母の遺品である髪留めをなくし、しょげていたアマリエに対し、兄の代理でご機嫌伺いに来ていたエルンストが、肩をすくめ告げたのだ。

「そこにいるおばあさんが、ベッドの下に落ちてるって言ってるんだけど？」――と。

自然が多いラウエンブルグ公国では、まだ、いにしえの神々や英雄の伝承、それに魔女の存在まで信じられている。だからアマリエも特別なことと捉えなかった。

すごいなあと思ったが、それ以上の感想はない。

遺品を手に関心するアマリエに対し、エルンストは、「見える」けれど、「そういう話」は、あまりできないから、なんだか照れくさいと語っていた。

属国より産業技術が発展している帝都では、非科学的なことは愚かさの証明として蔑《さげす》まれる。

霊が教えてくれたなどと言えば、うさんくさがられるか、気持ち悪がられるのだそうだ。

とはいえ体質が急に変わるわけではない。口にしなくても見えるし感じる。

だからこそ、エルンストは死に直面することの多い戦争に関わるのを避け、軍人であった兄とは違う生き方を選んだのだと、その時に聞いていた。

(どう説明すればいいのか。……そもそも説明するべきなのかしら?)

一度死んだのですが、一年前に遡《さかのぼ》り、生き返らせてもらいましたなど、先祖の霊より疑わしい。

けれど、人ではないが、過去の自分に取り憑いているのは確かだし、ひょっとしたら、あの青年が背後にいるのかも、とつい振り返ってしまう。

当然そこにはなにもなく、しんとした会議室ばかりが広がっているのだが。

「私、に……男性か……なにか、の」

男性――あの青年が見えるかを聞いてみたかった。

もし側にいるのなら、どうしても彼に聞きたいことがあった。

(一体、なんの目的で、私を過去で生き返らせたの……?)

ところが、アマリエの期待に反し、エルンストは難しい顔で腕を組む。

「男性、でもあるし、女性でもあると言うか。個人でもあるけど、象徴的な……昔、祀《まっ》られていた異教の神とか、そういう雰囲気もある」

「つまり全部、……あるいは、わからないと言うことですね?」

男かつ女。さらに神でも人間でもない存在となれば、どうしても答えはそうなる。

「見た目から言うなら、すごく存在感のある、怜悧《れいり》な顔をした男性が遠くの方にいる。どこかで見たことがあるような気もするんだけれど……」

どきりとして胸に手を当てる。あの青年だ。

「女性でもあるというのは」

「それが、アマリエと完全に重なっちゃっていたり、中にいたりしてて」

「わ、私の、霊が透けて見えているだけ……とか？」

唾を呑むアマリエを前に、エルンストは静かに頭を振る。

「アマリエじゃない。……髪の毛の色はわからないんだけど、ちょうどこう……」

そういい、アマリエの耳の側に手を持ってきつつ説明しだす。

「ここまでふわっと広がって、波打っている感じの髪型……」

肩幅より狭い部分でひらひらっと手を動かすエルンストに気を取られていると、室内に、二人のものではない別の声が割り込んだ。

「なにをしている」

「兄上」

「皇帝陛下」

二人同時にヴェンツェルの呼称を口にする。

彼は軽く手を掲げて護衛を下がらせると、なぜか、閉ざしたばかりの扉に寄りかかった。

「ずいぶんと親密なやり方で、図案を検討しているんだな」

相手を威嚇《いかく》するような冷たい声だ。

理由がわからず、アマリエが声を詰まらせていると、エルンストが呆《あき》れたように肩をすくめた。

「べつに親密じゃないよ。身振り手振りで説明してただけ」

「不用意に女性の身体に触れるようなやり方で……か」

「だから、触れてないって」

アマリエもエルンストに同調して首を縦に振る。完全な濡《ぬ》れ衣《ぎぬ》だ。

けれどヴェンツェルは、その連携すらも気に入らなかったのか、視線をそらしてつぶやく。

「頬に触れたさそうには見えた。お前からな」

「……誤解だって。兄上が心配するようなことはない、と思うよ？」

（そこは、ない。と断言してほしかった）

心の中だけでうなだれる。

今からアマリエが補足しても、逆に疑わしいだろう。

（でも、どうして？　お仕事中に、遊んでいるように見えたのが、不快なのかしら？）

いずれにせよ、二人の間にはなにもない。

潔白をわかってもらいたいが、ヴェンツェルがエルンストを見る目は、弟ではなく、同じ男に対するものとなっている。

兄と弟のけんかを見ているからわかる。

こんな時に女性が口を挟むのは、火種を投げ込むようなものだ。

「……まあいい。ともかく、ベドガーも交えて話をしたい。先ほど試作品を取りに出たと聞いたが。迎えに行ってくれないか」

「え？　僕が？　そんなの侍従にやらせれば…………、ああ、はい。わかりました。僕が彼の後見人でもあるしね」

皇帝の名を冠した磁器工房の責任者となったベドガーだが、ラウエンブルグ公国から身柄を引き取る際、当のヴェンツェルではなく、弟のエルンストが後見人となっていた。

無罪となったが、一度、詐欺師として身柄を繋がれていた男を、皇帝が後見するのは外聞が悪いと臣下が騒いだからだ。

「頼んだぞ」

いつもより素っ気ない態度でヴェンツェルが扉を離れる。

兄弟は扉近くですれ違い、片や部屋の外へ、片やアマリエの側へ移動する。

肩が触れそうなほど近くから、ヴェンツェルは無言でアマリエを見下ろす。

「あの？」

いつもより近くに寄られドキリとした。なんだか、今日のヴェンツェルは変だ。

「……しなければよかった」

ほとんど消え入りそうな声が、薄く開かれた男の唇から溢れてくる。

一体、なにをしなければよかったというのか。

「陛下？」

首をかしげて聞き直す間に、ヴェンツェルは、アマリエの頬を両手で包み込んでいた。

「触れられたか？」

「……？　いえ？　なにも。ただ、とある女性の髪型を……」

どうにも、エルンストがアマリエに触れたかどうかが気になるらしい。

誤解を解こうと口にしかけるも、最後まで言うことができなかった。

「それでいい。白磁のようにすべらかで美しいお前の頬に触れていいのは、私だけだ」

言うなり、両頬に手をあてられ、そのまま顔を上向けられる。

「ヴェンツェ……ッ！」

側にある窓から差し込む光に目を細めたのもつかのま、気がついたら唇が重ねられていた。

角度を変え、押し当てる強さや時間を変え、何度も唇が触れていく。

お茶会で磁器工房の案を出した時から、こうした口づけは繰り返されていた。

朝の乗馬中に、あるいは朝食を終え、執務や勉学で別れる間際に。

侍女や侍従の目が離れるわずかな時間を盗んでは、恋人同士みたいに唇を重ねた。

一日に一度、多い時は三度。

顔を合わせるごとに口づけの回数も時間も増え、腕に抱きしめられさえもした。

だが、今日の接吻《せっぷん》は今までとは違う。

昨日までは、二人がキスしても、互いの立場と生真面目さから引かれる分別の線があった。

いつもある年上の余裕のようなものが、今日のヴェンツェルには欠けていた。

特別乱暴だとか、利己的だとか言う訳ではない。

重ね、押しつけられる唇の圧がわずかに強いだとか、キスの間隔が短く、急《せ》いたように何度も繰り返されるとかだが、ヴェンツェルの美徳である自己抑制がない。

なにかあったのか尋ねようとするのだが、言葉を口にさせる時間すら惜しむように、開いた唇同士を密着させられる。

「ふ……ぅ？　んっ……！」

あわてて口を閉じようとしても遅かった。

顔を傾けたヴェンツェルの口から、ぬるりとして熱いものがアマリエの内部に押し込まれる。

ひどく生々しい感触を持ち蠱惑的《こわくてき》に動くものが、ヴェンツェルの舌だと気づき動転した。

不適切だ。こんな……、はしたなく水音を立てる口づけだなんて。

そう思い身を引こうとすると、右頬にあった男の手が、アマリエの肩から腕を素早くなぞった。

細かな痺《しび》れが腕に走り、反射的に背を反らす。

すると、狡猾《こうかつ》な蛇のようにヴェンツェルの腕が腰に絡みつき、より力強く引き寄せられてしまう。

同時に、もう片方の手で後頭部の付け根をしっかりと捉えられ、少しも逃げられない。

ふとほどけた唇の間に、唾液が糸を引く。

細く、淫らな銀の糸は、外から入り込む日光できらりと輝き、そのなまめかしさにくらくらする。

なにが起こったのかまだ理解できず、ぼうっと視線を上げていられたのも束の間《つかのま》。

より激しい勢いで、アマリエの口腔《こうこう》が貪られだす。

「んっ……ぅうっ！　う……ぅ」

くちゃり、ぴちゃりと、粘着質な濡《ぬ》れ音を立てつつ、舌に舌が絡みつく。

擦り合わせ、巻き付き、かと思うと、もどかしいぐらいねっとりと歯列をなぞられる。

いけないことをしている後ろめたさと、好奇心の間で気持ちが揺れる。

煽られ、本能のままに滾《たぎ》ろうとする興奮で、息を乱す。

異性の舌が与える心地よさに、理性が徐々に蕩《とろ》かされていく。

婚約者として、公式の場で肩を抱かれることはあった。

乗馬中に、腰を抱く腕に力が込められることもあった。

けれど今ほど、はっきりとした欲望をもって触れられたことは一度もない。

二度と離すまいとする腕の力強さ。アマリエの小柄な身体を圧倒する胸板や肩。

高鳴り続ける男の心音が身体に響くごとに、アマリエの女としての誇らしさが芽吹きだす。

——求められている。恋する男に。

ごく単純な事実が頭に浮かんだ途端、教師や神父らに刻み込まれた貞節が崩れ落ちた。

自分を抱く男に触れていた指の関節が曲がり、勲章に彩られた黒の軍服を掴む。

首や肩から力を抜き、後ろに添う男の手に支えを委ねる。

反り、自然と開いた喉に、さらに深くヴェンツェルの舌を迎え入れる。

「ん……ふ、ぅ」

息も継がせないほど執拗《しつよう》な口づけに、ついにアマリエの鼻から吐息が漏れた。

甘く、媚《こ》びた女の声を恥じて赤くなるも、ヴェンツェルは手を緩めるどころか、ますます昂《たか》ぶり、アマリエを求めだす。

腰を抱いていた手がわずかに下がり、ドレスに包まれた臀部《でんぶ》を鷲《わし》づかむ。

そのまま上へ持ち上げるように力を込められ、互いの下腹部が密着した。

かああっ、と音が聞こえるほど頭に滾《たぎ》った血が集《つど》う。

婚約期間中となっていても、そこはそれ。

アマリエは、いつ皇帝のお手つきになってもよいよう、閨《ねや》の話も一通り教育されていた。

でなくとも宮殿は噂のるつぼだ。

貴婦人や令嬢が、上品めかした顔であれこれ語るから、嫌でもその手の話は耳に入る。

ただ自分の身に起こるなんて、まったく考えていなかった。

だから、どこか遠い異国の出来事程度にしか知識に留めていなかった。なのに。

どんなにアマリエが奥手でもわかる。――性的に、求められているのだと。

どうして？　どうして？　と頭の中で繰り返す。

（ヴェンツェル様が私を女として見ている？　まさか！）

前の人生ではそんなことなかった。

彼は常に、アマリエと距離を取りつづけていた。

それでなくても、民の手本たろうと己を厳しく律する彼だ。

夫婦になったとしても、関係はあっさりしたものだと予測できた。

情熱的に求められるような恋に至っては、あり得ないと諦めてさえいた。

なのに今はどうだろう。

一体なにが引き金となったのかわからないが、昼から、淫らなまでに求められている。

（どういうこと？　どうして？）

疑問ばかりが頭を回る。

自分が未来を変えていこうとしている以上、前の人生と違う反応や流れもあると覚悟していた。

だが、ヴェンツェルとの関係がここまで大きく変わりだすなど信じ難い。

答えればいいのか、拒絶すればいいのか。

わからずおろおろしているうちに、扉のほうから、衛兵と誰かがやりとりする気配がした。

エルンストが戻ってきたのだ。

ヴェンツェルは口づけを解き、身を強ばらせるアマリエを、側にある椰子《やし》の鉢植えの裏へ引きずり込む。

そして、すぐさま傍らにあったカーテンを掴み、マントを纏うようにひらめかせた。

「……ッ⁉」

二人の身体が、分厚い天鵞絨《ビロード》のカーテンに包まれる。

目を限界まで見開いたアマリエの前で、ヴェンツェルが色香に満ちた目で口角を上げる。

臙脂色《えんじいろ》のカーテンの中で、また唇を奪われた。

カーテンは、テラスへ向かう硝子扉に使われるもので、天井から下がるそれに二人が包まれていても、ぱっと見にはわからない。

だが、声や動きまで見えなくなる訳ではない。

緊張するアマリエとは裏腹に、ヴェンツェルは愛撫《あいぶ》を続けだす。

首を支えていた指が蠢《うごめ》き、ドレスの後ろ襟の下へ忍び込む。

「……っ！」

素肌に感じた指の感触に身をすくめ、息を呑む。

すると、口に含んでいたヴェンツェルの舌を、ますますきつく吸い込んでしまう。

口蓋に男の舌が密着し、くすぐるように小さく揺さぶられ、意識するより早く身体が跳ねた。

「兄上？　アマリエ？」

入口の方からエルンストの声が聞こえる。

（どうしよう。こんな乱れている姿を見られれば、私はともかく、ヴェンツェル様まで軽蔑される）

もがき、逃れようとする身体は、さらに強くヴェンツェルに抱きすくめられた。

「誰もいないのか？」

扉のところで中を窺っているのか、少し離れた場所からエルンストの声が聞こえる。

「先ほどまでは二人ともいらっしゃったのでしょう？　図面も片付けられておりませんし」

のんびりとした中年男の声が響く。磁器工房の統括を命じられている錬金術師ベドガーだ。

入口で話していた彼らは、探るように中へ入ってくる。

足音が近づいてくる音に身がすくむ。

心拍数は背徳感と興奮で限界に達しており、頭は熱でぼんやりとしていた。

やめてと訴えたくて軍服を握る指に力を込めると、ヴェンツェルは唐突に舌を抜いた。

「……ぁ、は……」

小さく熟れた自身の声にどきりとし、あわてて唇を結ぶが、なかったことにはならない。

「うん？」

エルンストが怪訝そうに声を上げ、男二人の会話が途切れる。

（お願い、こっちに来ないで！）

あまりの恥ずかしさから、ヴェンツェルの胸元に額を押しつけ、小さくなる。

このまま息を殺してじっとしていれば、見つからないかもしれない。

うなじに触れていた男の指が、必死なアマリエをからかうように、するりと前へ移動する。

「ッ……！」

思わせぶりな動きで鎖骨をなぞられ、アマリエは反射的に顔を上げた。

指は、ドレスの四角く開いた襟を飾るレースと、その下に秘められた柔肌を一緒くたに撫で、くすぐりながら、じりじりと、布下への侵入を深めていく。

（駄目……！　駄目！）

羞恥は極限に達していて、目までも熱を持ち潤みだしていた。

必死に視線で訴えるのに、相手は、悠然と微笑んだまま、アマリエの喉の中央から胸元へと一気に指を滑らせる。

「……！」

ドレスからのぞく胸の谷間に指を差し込まれ、びくんと身体を反らす。

刹那、衣擦《きぬず》れの音とともにカーテンが揺らめいた。

「うん？」

エルンストが怪訝な声を上げる。

聞き止めたヴェンツェルは、アマリエの耳に唇を触れさせながら、素早く囁く。

「静かにしていなさい。見られては困るだろう」

ならば協力してくれればいいのに、ヴェンツェルはアマリエを試すように、ドレスの下へ差し込んだ指をくるくる回す。

「ッく……ん……」

喉で息を殺し、声を抑えようとするが、ままならない。

もう肩だけでなく、脚までぶるぶると震えていた。

（来ないで！　こちらに来ないで……！）

祈るように繰り返す。

やがて男の指が、ひどく卑猥《ひわい》な動きでアマリエの胸の間で抜き差しされる。

たわわに実る双丘の柔らかさを堪能し、不意に奥深くまでねじ込む。

その一方で、唇でアマリエの小さな耳を挟んだり、舌で弾《はじ》いたりして弄ぶ。

恥ずべき場所を気ままにまさぐられているのに、抵抗ができない。

肌から染み入ってくる甘い疼きが強まるにつれ、どんどん頭がのぼせてしまう。

両手で口を覆い、顔をしかめる。

そうして我慢すればするほど、得体の知れぬ感覚が、男の指から肉体へと染み込んでいく。

眉根を引き下げ、いやいやと小さく首を振るのに、ヴェンツェルはどうしても許してくれない。

「っ、……ッ、くぅ」

子犬が甘えるのに似た声が抜け、目の端から涙が溢れると、すぐさま男の唇で吸い取られた。

「なにか変わったことでも？」

さほど離れていない処までエルンストの足音が近づく。

緊張で膝が笑っている。ヴェンツェルに支えられていなければ、すぐにでも倒れてしまいそうだ。

「どうかされましたか？」

「いや、カーテンが揺れたような」

ベドガーに答えながらエルンストはさらに二歩近づき、そこで止まる。

(気づかれた……！)

隠れてしまうなどできないのを承知で、アマリエはヴェンツェルに身を押しつけた。

呼応してヴェンツェルもアマリエを腕に抱きなおし、肩口に顔を埋めてしまう。

二人して気配を殺し数秒、黙っていたエルンストが長く溜息をついた。

「……気のせいだ。隣にある控え室の窓でも開いているのだろう」

まだ油断できず息を詰めていると、エルンストがぼやく。

「人を使い走りにしておいて、まったく。アマリエと一緒にどこかで楽しんでいるんだよ」

かつん、とかかとで床を蹴る音が響き、一定の間隔をもって足音が遠ざかる。

ことの犯人であるヴェンツェルは、喉どころか肩まで震わせ笑うのをこらえていた。

「執務室か温室にでもいらっしゃるのでしょうか。様子を見ますか？」

「やめておこう。僕も根を詰めて仕事したから、お茶を飲みたい。付き合ってくれるか、ベドガー」

「構いませんが」

そう言い残し、二人の気配が消えて扉が閉まる。

静かになった会議室の中、乱れた自分の呼吸音だけがいやに耳につく。

全力で走った獣のように、はあはあと息を継ぎ、それが落ち着くと、アマリエは感情のままにヴェンツェルへ声を上げた。

「もうっ……！　ひどい！　ひどい！　意地悪です……！」

翻弄された自分が悔しくて、つい、礼儀や立場を忘れ、文句を口にしてしまう。

途端に、ヴェンツェルが腹を押さえながら笑い声を響かす。

「ははっ！　そう拗《す》ねるな」

「拗ねます！　じゃなくて怒ります！　ヴェンツェル様の馬鹿っ！　馬鹿！　馬鹿ぁ！」

腕を振り回し、無茶苦茶にヴェンツェルの胸を叩く。

すると、彼はようやくアマリエの身体から手を離した。

自由になったアマリエは、そのまま床へへたりこむ。

「昼なのに、こんなにふしだらで、不適切なことを……！　見られていたらどうするのですか！」

なおも笑いを止めないヴェンツェルに、ありったけの不満をぶつける。

「恥ずかしい……！」

「私は、見られても構わなかったのだが」

「それは殿方だからです！」

さらに反論したくて顔を上げれば、前に膝をついたヴェンツェルと目が合った。

どこか困ったような微苦笑を浮かべながら、彼はアマリエの額に優しく唇を触れさせた。

「わかった。止めておこう。……こんなに可愛いアマリエを、他の男に見られるのは許しがたいしな」

「……ッ！」

ヴェンツェルはそのままアマリエの頬を包み、髪を指で梳き遊ぶ。

甘く親密にあやされ、アマリエは言葉を失ってしまう。

（か、可愛いとか、他の男に見せたくないとか……。そんな冗談でどきどきさせないで欲しい！）

ぎゅうっ、と唇を引き結びそっぽを向く。

まともに目を合わせられないほど、恥ずかしくて仕方がない。

「もう嫌っ！　そんなことを言って困らせないでください」

「困らせるつもりはないが」

「困ってます！　こんなに顔も赤くて、腰も抜けた状態で、私にどうしろと言うのですか……！　部屋にも帰れません！」

悲鳴じみた声で訴えると、にやりとヴェンツェルが口端を上げた。

優しく真面目、といった普段の彼からかけ離れた、大人の色気と危険さをはらむ笑いに、一瞬で心を奪われ――次の瞬間、軽々とその腕に抱き上げられていた。

「きゃっ……！」

幼女のように横抱きにされ、視線が高くなったことに驚いたアマリエは、反射的にヴェンツェルの首にすがりつく。

「ど、どうして、いきなり抱き上げられるのですか」

「一人で部屋に帰れないのだろう？　なら、送っていくまでだ」

今日のヴェンツェルは本当におかしい。どうにも行動の予測がつかない。

「もう……。知りませんっ」

なにも言えないほど拗ねるアマリエを腕に、彼は悠然と歩きだす。

すれ違う衛兵や侍女、宮殿に集う貴族たちがぎょっとし、あわてて膝を折る。

中には、驚きのあまり膝を折ることすら忘れている者もいるが、上機嫌のヴェンツェルはまるで気にせず、どんどんとアマリエの部屋へと向かう。

好奇の目に耐えきれず、アマリエは男の首筋に顔を伏せ、必死になって乱れる鼓動をなだめていた。

ひどい。こんな礼儀作法を無視した行いはない。

皇帝のヴェンツェルは構わないだろうが、アマリエは、きっと明日、皇后教育女官のヴィクラー女史から、長々とお説教をされてしまうだろう。

恨みがましく相手を見るも、すぐに気を抜かれてしまう。

本当に楽しげなヴェンツェルの顔が見えたからだ。

そういえば、ヴェンツェルがこうして声を上げて笑っているのも、嬉しそうなのも、目にするのはずいぶん久しぶりだ。

（……あ）

（私、恋する人の笑顔すら、見られなくなっていたのだわ）

この宮殿に来て皇后教育に励むほど、皇帝である彼との差を思い知らされた。

皇帝の花嫁として、治水、農産業の基礎知識から始まり、経済学や歴史、語学はもちろんのこと、貴婦人としての社交術や礼儀作法、芸術や音楽にいたるまで、きっちりと覚えなければならない。

できなければヴェンツェルの恥になると刷り込まれ、彼への思慕故に、立派になろうと出される課題——目標にすがりついてばかりいた。

平凡で努力するしか能のないアマリエには、時間を費やすことでしか成果は出せない。

そんな風に叱られ続け、ヴェンツェルから誘われるお茶や、食事も涙を呑んで断った。

そうして彼我《ひが》の立場を知る内に、唯一の人、玉体に触れるのも恐れ多いと洗脳され、また、失敗して笑われることに怯え、いつの間にか礼儀正しい——それだけに、冷たく心ない対応をし続けていたのではないか。

無邪気に、感情のままに、ヴェンツェルに接するイリーヤと比べ、自分の態度がどれほどよそよそしいものだったのかを、今更のように理解する。

ヴェンツェルは皇帝だ。けれど、皇帝である前に、一人の人間でもあるのだ。

機械的にしか対応しなかったアマリエを味気なく思い、心を見失い、距離が離れるのは当然だ。

（ヴェンツェル様に相応しい女性に、皇后として完璧であろうとするあまり、彼の思いや気遣いをないがしろにして……傷つけていたのかもしれない）

そう思うと、なんだかヴェンツェルに申し訳なくなった。

（規則なんかに囚われ、一人で耐えたりせず、ちゃんと相談し、甘えればよかった）

そうすれば、殺される未来もなかっただろうに。

不意に後悔が押し寄せてきて、アマリエは彼の首元に顔を埋めた。

そのまま、なめらかな男の肌へ自分の頬をすりつける。

「ん……？　どうした」

「いえ。……少し、甘えたくなりました」

恐る恐る本音を口にする。

突然、ヴェンツェルが歩みを止め、酷《ひど》く慎重に呼吸を継ぎだす。

どうしたのだろう。見上げれば、低く、何かを抑えた声でヴェンツェルが告げてきた。

「この状況で、そんな可愛いことを言うな。……ますます自制できなくなりそうだ」

「も、申し訳ありません。……甘えないほうが、いいですか？」

顔を上げ、目を合わせないようにしつつ彼の耳に囁く。

「違う。誰がそう言った。……アマリエに甘えられ、頼られれば嬉しい。嫌なはずがない。そうではなくてだな。くそっ……」

彼らしくない乱雑な文句に目をむく。

目の縁をわずかに赤くしてヴェンツェルが、なんだか切なげに、もう一度、溜息を落とす。

「ともかく静かにしていろ。本当に、こんなことなら………などと、約束しなければよかった」

他ならぬ自分自身にぼやいたヴェンツェルの声は、私室の扉が開かれる音と、突然来訪した皇帝に驚く侍女たちの悲鳴でかき消され、アマリエの耳にはほとんど届かなかった。

◇◆◇

皇帝執務室にある暖炉で炎が揺らめく。

新年から五ヶ月が経《た》った。

昼間は春の陽気に包まれるようになっても、やはり夜は冷える。

天井も高く、一室の広さも尋常ではない宮殿であればなおのこと。

気の利く侍女や侍従であれば、主が心地よく眠れるよう、部屋を適度に暖めておくのは常識だ。

もっとも、この部屋では、暖を取るためのみに使われている訳ではないが。

ヴェンツェルは書類を手元から離し、目の間を指で揉《も》む。

(やはり、わからず仕舞《じま》いか)

そっと目を開き、先に読み込んでいた別の報告書と、手元にある秘密報告書を机の上に並べた。

どちらの書類も、アマリエが落馬したことに関する報告書である。

――公女アマリエ殿下に乗馬する習慣はなく、その為、馬具の手入れがおざなりになっており、鞍の腹帯に使われている留金《とめがね》が壊れていると気づけなかった。

更に最初から手綱が切れやすくなっていた上、皇女イリーヤが触れたことに対し馬が驚き、暴走し、その際、留金が外れ、鞍ごとアマリエが放り出された。

手入れをする馬丁見習いは解雇。指導していた馬丁長は減給処分に留められるが最適。

公式記録らしい几帳面《きちょうめん》さで、見た目の事実だけが綴《つづ》られているのを、ヴェンツェルは鼻で笑う。

（馬具の手入れがおざなりになっていたなどと。あり得ないことを）

これが貴族の館で起きた事件なら、ヴェンツェルとて疑いもせず、これで終わりと書類を決裁済みの箱へ入れただろう。

だが、場所はここ、グリューネブルン宮殿。つまり皇帝の居城だ。

部屋住みの貴族はともかくとして、皇族や、帝国の重鎮たる東西南北の四大公爵は、家族はもちろん、そこに嫁ぐ婚約者の令嬢が使うものまで、食器も馬具も、徹底した管理下に置かれている。

ありていに言えば、まだ使えるようなささいな傷でも、万が一を考え交換されてしまう。

なのに不具合は起こった。よりによってアマリエの馬具にだけ。

気になり、皇帝の勅命でしか動かない密偵を内部に放ち、個別に探らせたのだが、不自然さはあれど証拠は見つからないと言う、歯がゆい結果しか出て来なかった。

アマリエの馬具の管理に、まだ新人と言っていい少年が当てられていたことや、三日前にアマリエが乗馬練習をした時には、なんの不具合もなかったことが疑わしいが、誰かが故意に壊したと言うには、根拠が薄い。

（結局、無駄骨ということか）

顔をしかめ、秘密報告書の方を手に立ち上がり、すぐさま、それを暖炉に投げ込む。

一瞬、炎が大きくなり、ヴェンツェルの影を長く伸ばす。

虫食いのように焦げ、やがて白い灰になっていく紙片をにらみながら、いや、と思い直す。

（不自然に、不自然が重ねられだしているのは、間違いない）

唇を噛み、顔をしかめる。……まだ、証拠はない。だが見逃すつもりもない。

（アマリエを殺す者を、絶対に許さない……）

脇に垂らしている拳を握り、胸の中に湧き上がる、ある種の感情を抑えつける。

陰鬱な衝動が、記憶のある人物と重なった途端、ぞんざいなノックの後に人が入ってきた。

振り向かずとも相手はわかる。

皇帝の私室に、挨拶もない手抜きなやり方で入り、怒られない者など一人しかいない。

弟のエルンストだ。

「珍しいな。催《もよお》しものもないこんな夜に、お前が宮殿にいるなんて」

炎に顔を照らされながら告げると、相手は、肩をすくめソファに座った。

「歌劇はつまらなかったか？　サロン仲間の伯爵夫人に招かれていた夜会はどうした」

「予定はあっても、興味がなければ行かないだけのわがままは許されている。バーデン公爵だからね」

皇帝直轄領を中心に、東西南北と別れる公爵領。

その一つである東のバーデン公爵領を納める者は、皇帝に次ぐ権力を有する。

そもそも、皇帝もその配偶者も、四大公爵家から選抜されることが多い。

そのへんの事情は、元バーデン公爵として理解していた。

ここ、バーゼル帝国の皇位は、他国とは異なり、血筋で決まるものではない。選挙で決められる。

つまりヴェンツェルは、生まれつき皇帝として育てられた男ではない。

叔母が皇后であり、皇帝の甥という立場にあったが、その程度の縁は、四大公爵家には掃いて捨てるほどありふれている。

だが、南にある異教徒の国アナトリアとの戦争で、中堅どころの臣下がこぞって戦死、または重傷を負い執政から遠のき、帝国貴族の当主の多くが代替わりした。

ヴェンツェルの父も戦死し、予定より早く、弱冠十八際でバーデン公爵となってしまった。

そこまでは許容範囲だ。想定できる。だが。

(まさか他の四大公爵家も代替わりし、前皇帝陛下までがお亡くなりになるとはな……)

皇太子がいれば、何歳であろうと、四大公爵家が後押しすることで帝位に就けることができたが、不幸にも前皇帝には子が居なかった。

すぐさま、次の皇帝を決める選帝会議が招集され、選挙権を持つ諸侯――通称、選帝侯と呼ばれる者たちが集められた。

十日をかけて討議を重ねた結果、何の因果か、ヴェンツェルの手に帝冠が転がり落ちてきた。

光栄というより、やっかいごとを押しつけられた心境だ。

皇帝となる権利を有す四大公爵家の当主全員が、なりたがらなかった。

当然だろう。

自分の領地を戦争被害から立て直し、統治を万全とするだけでも手一杯なのに、好き好んで皇帝となり、面倒を負いたくない。誰だってそう考える。

権力面では最高統治者である皇帝だが、実際の力関係は四大公爵家とさほど変わらない。

豊かな時代ならいざ知らず、難破しかけている船の舵《かじ》をとり、その代償が名誉称号といくばくかの資産では割に合わない。

さらに、皇位継承により四大公爵家の一つが権力を独占しないよう、用意周到に定められた法は非情で、皇帝となった時点で、それまでの妻や子と縁を切る必要がある。

この法律により、小国の姫を妻としたばかりの西公爵と、跡継ぎが幼い北のラウエンブルグ君主公爵が、皇位継承に難色を示し、残る南公爵家は、戦争で最大被害を受けたことから除外。

自然、成人しており、エルンストという後任公爵に適した弟がいるヴェンツェルに白羽の矢が当たり、二十歳という異例の若さで皇帝に選出されてしまった。

無駄に責任感が強すぎたヴェンツェルは、よくも悪くも皇帝として全力を尽くしてきた。

弟のエルンストも、気楽な次男の身分から、国の重鎮たるバーデン公爵に祭り上げられ苦労しているが、その不満を兄にぶつけるでもなく尽くしてくれている。

他に類をみない仲のよい兄弟で有名だが、最近、やや面倒なことになっていた。

「ねえ、兄上。……実の弟に嫉妬するのはやめてくれない？」

内心を読んだように忠告され、怒るよりも、おかしさが込み上げてくる。

喉を震わせながら、手近にあったキャビネットから酒を出すと、エルンストは遠慮もなしに奪い、手にしたグラスに注ぎだす。

「自分で掘った墓穴に自分がつまずくのは勝手だけれど、僕を巻き込むのはやめてくれないかな」

弟と同じようにしてグラスに酒を満たして掲げると、相手は器用に片眉を上げ、杯を合わせる。

「それとも、僕が、兄上から嫉妬されるような立場になってもいいという合図？」

挑発的に言われた一言に視線を尖らせ、静かに頭を振る。

「駄目だ」

「ああそう。……僕はてっきりそうなのかと誤解したよ。カーテンが動いているのに気づくまではね」

組んだ足を行儀悪くテーブルの上に投げ出され、さすがのヴェンツェルも苦笑する。

「すまなかった。つい……な。少し余裕をなくしていたようだ」

「少しだけ？　……僕以外だったら、信じるだろうけれど」

ふん、と鼻を鳴らされても仕方ない。これはまったくヴェンツェルが悪い。

「ラウエンブルグ公爵家と変な約束をするから、欲求不満になるんだ。しっかりしてよ」

痛いところを突かれたが、表情を変えないだけの経験は積んでいる。

弟だからと言って、ごく個人的な事情にまで踏み込ませるつもりはない。

――アマリエを皇后候補として選出したのは臣下らだが、結婚すると決めたのは自分だ。

当時は二十一歳。急いで結婚相手を決める必要はなかった。

ただ、形だけでも婚約はしておいたほうがいい事情があった。

戦争で弱ったバーゼル帝国に、自分の娘や姪《めい》を嫁がせ、外から切り崩そうと企《たくら》む国王や外国の高位貴族が後を絶たなかったからだ。

お見合い同然に押しかける賓客の相手も、肖像画を携えてくる外交特使の相手も、面倒くさい上に時間ばかりが取られる。

一秒でも長く内政に力をいれるべきなのに、欲目にかられた羽虫ばかりが湧いて出る。

皇帝となって一年で我慢の限界に来て、相談相手でもある選帝侯を集め打診した。

――国内の令嬢から花嫁候補を決めてくれ。

難航するかと思った花嫁捜しは、あっけなくアマリエに決まり、ラウエンブルグ公国の狩猟祭に招待されるという茶番を仕組んで、自ら顔合わせした。

(今でも、覚えている)

兄や弟にからかわれ、表情も豊かに怒り、けれど、すぐに笑って許す姿を好ましく思った。

ヴェンツェルの花嫁になると説明されて目をむいた時は、その幼さに微笑んだ。

秋薔薇の咲く庭園に二人で残され、散策している間中、緊張し、ちらちらとこちらを窺うさまはリスのようで、花嫁というより妹だな。と内心、笑っていた。

けれど、つまずいた彼女が花壇に倒れ、薔薇の花枝を折った時にすべてが変化する。

棘により腕や手にかすり傷を作ったアマリエは、黙ったままぽろぽろと泣きだした。

痛いのか、と問うと、「父上が大切にしているのです」としゃくり上げながらつたなく述べる。

怒られるのが怖いのか。と問えば「いいえ」と頭を振って、潰れた薔薇を自分のドレスに集めだす。

――亡き母上が残した大切な薔薇なのです。父上の思い出を、私がこんなにしてしまった。

怪我が痛いだろうに、怒られるのも怖いだろうに、それより、相手が悲しむことに共感する気持ちに、純粋すぎる声に心を奪われた。

折れた形のまま、枝先からぶら下がる薔薇を摘み、ヴェンツェルは結婚を請うていた。

本当は、その日は、婚約して問題ない娘かどうか、見定めるだけだったのに。

アマリエの兄であるラウエンブルグ公爵と、父である前ラウエンブルグ公には呆れられたものだが、話はすぐにまとまった。

ただ一つ。

十八歳となるまで、アマリエを閨《ねや》に呼ばない。という約束が付帯していたが。

貴族の子女、それも身分が高ければ尚更《なおさら》、初潮を迎えてすぐ結婚、十五歳や十六歳で出産という話も珍しくない。

今すぐは準備不足だが、十二歳から宮殿で育て、アマリエが十四か十五歳になったら婚礼と考えていたヴェンツェルは、おかしな条件に目をまばたかす。

事情を聞いて、空を仰いだ。

アマリエの母は、十七歳の時に跡継ぎである長男ゲルハルトを産んだ。

その際、二ヶ月近く生死の淵をさまよい、母体は諦めろと散々言われたらしい。

血が止まりにくい体質だったのに、身体が少女のまま、成熟しきらず妊娠したのが原因だった。

妻は相当苦しんだ。娘には同じ思いをさせたくない。まして死ぬなどされては、わしは！　と、前ラウエンブルグ公爵――アマリエの父から、泣き、酔い潰れながらすがられ、無碍《むげ》にできるほど冷酷になれない。

特に相手は、自分の父と同じほど尊敬する剣の師匠である。

戦で負傷し、車椅子生活となっても、尊厳は失われず、頼みをはね除《の》けるなど論外。

結果、アマリエは十六歳の半ばまで、兄弟もいる親元――ラウエンブルグで教育され、以後、宮殿で皇后教育をすると定まった。

皇帝の配偶者として迎える以上、宮殿での訓育は避けられない。

その間は清い関係で我慢し、アマリエが十八歳を迎えた後に、お披露目と皇后戴冠を行い、その夜を晴れて初夜とする。

そんな過保護かつ細かい婚姻契約書が結ばれ、今も、この執務室の金庫に納められている。

当時のアマリエは子どもだ。

妹のように愛らしく思えても、異性として抱くに至らない。

十八歳になった彼女を前にしても、果たしてその気になるかどうか。

そんな風に考え、ヴェンツェルは帰りの馬車の中で苦笑していたが。

――大間違いだった。

婚約者の義務として年に二度、最低でも一度、顔を合わせればいい。

そんなふうに構えていたくせに、気がつけば理由をつけ四季折々に、彼女の元を訪れていた。

エルンストという弟しかおらず、将校として軍に従事していたヴェンツェルは、少女がいかに早く乙女になっていくか、そして女になるかまったくわかっていなかった。

出会った頃の愛らしさを失わず、でも、確実に優美さや淑《しと》やかさを身につけ、乙女らしい清純な色香を漂わせるアマリエから、すぐ目を離せなくなった。

公務で帝都を訪れる兄のラウエンブルグ公づてに渡される手紙は、素直で微笑ましく、時としてはっとする賢さもあり、いつの間にか、彼女の文を読む時間が癒やしとなっていた。

文通の回数を重ねるごとに、彼女が知識を吸収し、さらに花開かせるのを楽しんだ。

光の原理がわからないと嘆かれた夏、硝子でできた三角柱――プリズムを携え、ヴェンツェルはアマリエを訪問した。

遠乗りの休憩時、木陰で、彼女がわからないと言っていた理論を教えると、目を輝かせながら、ヴェンツェルが与えたプリズムを太陽にかざし、虹を作ってはしゃぐ。

十五歳の彼女を前に微笑みながら、密《ひそ》かに、欲望を抱く自分を認めた。

――この娘が欲しい。

透明な硝子でできたプリズムのように純粋で、虹のように鮮やかに笑うアマリエを、この手に収め、自分だけがずっと見つめていたい。

皇后や皇妃になれずとも、ヴェンツェルの寵姫《ちょうき》でもいいいと、従者に金を握らせ、頼みもしないのに裸で寝所に潜り込む、厚かましい女らなど問題外だ。

アマリエが欲しい。こうしてこのまま変わらず側にあり、彼女を幸せにしてやりたい。

そう願って、彼女が花嫁となる日を心待ちにしていた。

けれど、宮殿という魔物のすみかに来てから、アマリエは変わりだした。

――いや、変えられた。

声を上げて笑うことがなくなり、仮面のような微笑みばかりを向けられ、ヴェンツェル様と呼んでいた愛らしい声は、いつしか、よそよそしく皇帝陛下としか口にしなくなった。

激務の合間を縫って食事をしても、萎縮して礼儀作法ばかりを気にした態度で、会話一つ弾まない。

悲しい顔で口ごもるアマリエを前に、ヴェンツェルは苦悩する。こんなはずではなかった。

どうにかして、彼女の本心を聞きたい。

しかし水を向けても、『陛下に相応しい皇后となることが望みです』との模範解答しか得られない。

そのうち、疑惑が生まれる。

大人となり、宮廷を味わったことで、彼女はヴェンツェルへの思慕より、皇后の座への野望が勝ったのではないかと。

折り悪く、そこへ北の迷惑な皇女イリーヤが現れ、遊学を理由に滞在しだす。

皇女イリーヤは、ヴェンツェルがルーシ帝国へ外遊した際に、彼を見初めたとつきまとった少女だ。

関わりたくなどなかったが、先の戦争で支援を受けた皇帝の孫であるため、皇帝として無下にできず、仕方なく彼女の滞在を受け入れ、外交と割り切り相手をした。

それが悪かった。

アマリエとの距離はますます開き、周囲は勝手に、新皇后にはイリーヤが相応しいと噂しだす。

そのうち、イリーヤの祖父たるルーシ皇帝イヴァンも、借金を理由に、裏から圧力をかけてきて。

避けられぬ未来を予測し、ヴェンツェルは二ヶ月ほど前に、弟のエルンストに打診していた。

「イリーヤを皇后とせざるを得ない状況になったら、アマリエを引き受けてくれるか。……そう言ったのは兄上だろう」

自分が口にした過去のセリフが、剣となって胸に突き刺さる。

あの時はまだ知らなかった。どんな未来が待ち受けているのか。

だから、そうするのが正しいと――アマリエを幸せにする、唯一の方法なのだと信じていた。

(……欺瞞《ぎまん》だな)

ルーシ皇帝イヴァンの圧力に屈し、さらなる援助と引き換えに、孫娘イリーヤをヴェンツェルの皇后とする。それは、政治的に間違いではない。あり得る選択の一つだ。

アマリエとの婚約を白紙にするにせよ、皇妃の地位に留め置くにしろ、宮廷に――ヴェンツェルの手元に残して置けないのも、承知していた。

純粋無垢《むく》で幸せな皇女に見えるイリーヤだが、本質までそうだとは限らない。

イリーヤからすれば、皇帝の寵愛を受ける可能性が高い、もう一人の妻など邪魔なだけだ。

(皇帝の妻となるのは手段。最終目的は皇太子を生んでこそ)

手を下すのがイリーヤ当人にしろ、過保護な老大帝イヴァンにしろ、アマリエの身は危ない。

かつての自分でも、それを予測するのは難しくなかった。

いずれ手放さなければならない。だが、どうしても他人にはなりたくない。

苦悩の末、エルンストに打診していた。もし、イリーヤを皇后とせねばならぬ状況となったら、アマリエを頼むと。彼女を幸せにしてやれと。

――だが。いざとなった未来のアマリエは、もう。

「兄上？」

黙り込んだヴェンツェルにしびれを切らしたのか、エルンストの怪訝そうな声で我に返る。

「その話は忘れてくれ」

「どういうこと？　アマリエの名誉を傷つけず、無難な形で嫁がせるには僕しかいないって、前々から言っていたじゃないか。あれ、冗談？」

鼻の頭にしわを寄せ、眼鏡の上からにらまれる。

「冗談だったら、本当に迷惑なんだけど」

いらついた声で、ああ、と察する。なるほど。この弟にもそういう相手がいるのかと。

「私が嫉妬したように、お前も恋人から嫉妬されたか。……おあいこだな」

「嫉妬なんてしてくれない。と言うか相手にもされてない。……今のうちに諦めて、政略結婚に道筋をつければ傷が浅くて済むかと考えて、ちょっと真面目にアマリエを引き受ける話を聞いただけ」

アマリエを引き受ける、という言い方がひっかかったが、あえて無視し、気になる部分を指摘する。

「ほう？　皇帝の弟で、選帝侯の一人であるバーデン公爵を袖にするとは、なかなか」

「そのバーデン公爵っていう地位が、嫌なんだよ。彼女は。……邪魔なんだ」

ふと寂しげに陰る目に苦笑する。兄弟そろって似たような恋をしているようだ。

「本気なの。冗談なの。アマリエと僕を結婚させるとか言うあれ」

自分の恋を明かす気はないのか、噛みつくような言い方でエルンストが尋ねる。

「冗談ではないが、状況が変わった」

琥珀色《こはくいろ》の液体で喉を潤し、一度唇を噛んだ後で告げる。

「皇女イリーヤの祖父、つまり、ルーシ皇帝から援助を受けることは、今後一切ない」

「磁器工房を設立するから？　そりゃ、成功するさ。でも財政を完全に立て直しきれるわけ？」

即座に、顔を弟から皇帝の片腕たる者へ変えながら、エルンストは指摘する。

「……皇女の面倒を一年間見る。そういう条件でルーシ帝国から受けた融資も、ちゃんと五年以内の期限で返せるかどうかわからない。なのに、そう断言するなんて。……兄上らしくない賭けだよ」

これ見よがしに溜息をつき、エルンストはしめくくる。

「僕がアマリエを妻にするとか、イリーヤ皇女を皇后とするとかはともかく、逃げとなる策はいくつかあったほうがいい」

政治に携わるものとして、ごく当たり前の指摘をする弟へ頭を振る。

「かもしれん。だが……私はもう決めた。どんな窮状になろうとも、アマリエを手放す気はないし、他の男に嫁がせるつもりもない。それが弟であろうと」

彼女を、幸せにしたかった。

アマリエが幸せに笑えるのなら、自分が悪役になろうと憎まれようと構わないとすら覚悟した。

（アマリエだってさほど傷つくまい。そう考えていた）

彼女にとって、自分は皇帝陛下であって、ヴェンツェルではない。

目標としていた皇后になれないのはつらいだろうが、四大公爵で、皇帝の弟であるエルンストの妻なら、不自由なく暮らせるだろう。

否。公人としての重圧がない分、幸せに、笑って過ごせるだろう。かつてそうしていたように。

（そうやって、すべてを取り返しのつかないように配置して行き、……失ってしまうのは、愚かだ）

目を閉ざせばよみがえる、悪夢のような光景がある。

くるくると回る馬車の車輪。放たれた石弩の矢、絶命する騎士たちの血。

そして。

手を空に伸ばし、ヴェンツェルの名を呼びながら息絶える――乙女の姿。

知らず噛みしめた奥歯がきしみ、おびえるような囁き声でエルンストが兄上と呼ぶ。

「おかしいよ。アマリエも、兄上も……。まるで……お互い、一度」

青ざめながら口にし、身体を震わせ――。

次の瞬間、エルンストは糸の切られた人形のように動きを止めた。

異様な状況に、だがヴェンツェルは動じない。

こういう夜、こういう時間は初めてではない。

慣れない身体だと言いたげな動きでエルンストは手を上げ、前髪を掻《か》き上げる。

ずれていた眼鏡が落ちるが、彼はあわてもせず、不遜なほどに顎をそらし笑う。

ヴェンツェルを焦らしたいのか、やけに時間をかけてまぶたを開き、そこから溢《あふ》れ出《で》る黄金色の――人ならざる色で輝く瞳を見せつけ、相手は舌なめずりをした。

皇帝であり、一国の頂点に立つ者として、それなりに場慣れしたヴェンツェルすら圧倒されそうになるが、かろうじて踏みとどまり、先ほどまで弟であった男の名を呼び変える。

「また出てきたのか。……ジークフリート」

こいつの存在をアマリエに悟らせる訳にはいかない。

(私のせいで死ぬことになると知れば、アマリエの心は閉ざされる……)

忌々しい、悪魔めと、素早く心の中でついた悪態も、相手はとっくにお見通しなのだろう。

彼――ジークフリートはニヤニヤと笑い、目の色を緑から青、そして黄金へと変え、身体から光の粒子を立ち上らせつつ手を上げた。

「やあ。……死に至る絶望の病を患いし皇帝。あるいは我が同胞。……元気でいてくれたかい？」

弟の顔をした別人が、したり顔で微笑んだ。

◇◆◇

「まあ！　素晴らしいわ！」

何の変哲もない紙箱に納められた磁器細工を前に、アマリエは感動する。

薄く、透けそうな磁器の花弁をつなげ形作られた花々は、薔薇や鈴蘭《すずらん》、百合《ゆり》と様々だ。

しかも色が美しい。白や薄紅といった実在する花と同じものと、青や虹色など、自然にはあり得ないものが混在し、夢のような華やかさだ。

「茶器は難しいですが、花瓶や、果物を入れる器に付ければ面白いかと思いましてな」

花の一つを摘まみ、錬金術師ベドガーが自慢げに胸を張る。

彼のかつらから垂れ下がる黒の巻き髪までもが、嬉しそうに肩で跳ねていた。

場所は、アマリエに与えられた私室の応接間。

周囲で様子を窺っていた侍女たちも、溜息をついて箱の中に魅入っている。

「これは間違いなく人気がでるわ。ああ……食器や壺を飾るだけではもったいないほど綺麗」

素直に述べると、周囲も、そうですすと同調してはしゃぐ。

アマリエ自身は言うに及ばず、侍女たちの笑い声が響くようになったのは最近だ。

以前は口うるさかった皇后教育官のヴィクラー女史も、最近ではめっきりおとなしい。

今日も、部屋の隅で、口の両端を下げた渋い顔で立っている。

一緒にお茶をすればいいのに、彼女は、まったくの無関心を貫いていた。

息詰まる場所だった宮殿の空気は、驚くほど変わった。

ヴェンツェルと過ごす時間が増えだすにつれ、アマリエへ向けられていた監視の目や嫌味は薄れ、いつだって遠巻きに様子を見ていた侍女らは、今や好意を持ってアマリエに接してくれる。

皇后たる娘に慣れ慣れしくしない。言葉は最低限に！　と、始終ヴィクラーが注意していた時もあったが、他ならぬ皇帝陛下であるヴェンツェルが、礼儀や節度を守らず、アマリエを甘やかすのだ。

さすがのヴィクラー女史も、黙り込むしかない。

ヴェンツェルは周囲を巻き込みながらアマリエを愛で、アマリエもまた、それに対し、少しずつ応えだし、その微笑ましさを皆で見守る。といった構図が続いている。

元々、親しみやすく素直な性格をしているアマリエだ。

そうなるとすぐに侍女とも打ち解け、今となっては、部屋から笑い声の聞こえない日などない。

白磁の花を片手に、可憐だ、綺麗。などと侍女を交え語らっていると、衣装係の侍女が顔色を変えて飛び込んできた。

「アマリエ様！　申し訳ございません！」

叫ぶなりよろめき、膝をついて頭を床に擦り付ける。

「ど……どうしたの？　大丈夫？」

あわてて椅子を降り、這いつくばる侍女を助け起こすと、彼女はわあっと声を上げて泣きだした。

兄のラウエンブルグ公からの帽子という名目で、木箱が衣装室に届けられた。

帽子にしては重たげな箱を不審に思いながら、だが、宮廷に入る前の荷物検査を通っているのだからと、侍女は手順通りに衣装室に受け入れ、アマリエに見せるために蓋を開けた。

しかし、現れたのは帽子などではなく、炭まみれの猫が三匹。

薬で眠らされていたのか、それともおびえていたのか、ともかく猫たちは、興奮したまま箱から飛び出した。

運んできた侍従も青ざめ追いかけたが、素早い猫は捕まらず、ドレスに爪をかけて破り、身体についた炭の汚れを、布地になすりつけ逃げ回る。

ようやく捕らえ、手分けして衣装を改めれば、すべて駄目になっていた。

「大丈夫よ。……汚れ落としするとか、リボンをつけてごまかせるならそうして、なんとかしましょう？　私なら、二日や三日、同じドレスでいても構わないから」

誰がそんな悪戯を……との思いが心を曇らせるが、仕方ないという諦めもある。

服は大切だが、無ければ死ぬということもない。他から譲ってもらうなり、借りるなりすればいい。

数日は不自由するだろうが、贅沢な衣装などに興味の薄いアマリエには、重要とは思えなかった。

けれど侍女は、激しく頭を振りしだく。

「ですが！　明日の舞踏会で着るドレスも駄目にされて！」

周囲の侍女たちが息を詰める。

「衣装が、使えなくなった……？」

明日は、この宮殿で夏至を祝う宴が夜通し行われる。

皇帝主催という最高の格式、かつ、磁器工房の開設と生産を他国に印象付ける、重大発表も予定されていた。

帝国の威信と発展を広める場に、未来の皇后と目されるアマリエが欠席などあり得ない。

それにアマリエが不在と知れれば、皆は、皇后は別の女性だと考えるだろう。

「そんな……。明日の舞踏会のドレスがない、だなんて」

――前の記憶を思い出す。

ヴェンツェルは皇帝として、黒い軍服に深紅のマントをつけた大礼服で出席していた。はっきりした色合いに、黄金や宝石の勲章を飾った軍服は、彼の整った外見や、均整の取れた体躯もあって、大層豪奢《ごうしゃ》に映えていた。隣に立つ女性はみんな気後れしていたほどだ。

アマリエも皇后候補の女性として、それなりに手間のかかった蒼のドレスで参加したが、今より卑屈で人見知りだったため、始終うつむきがちなまま、自分を魅せるどころか、ドレスのよさすら引き出せず、陳腐な引き立て役にしかなれなかった。

『妻というより、飾り立てられた侍女か妹のよう』と言われ、嘲笑されたのは苦い記憶だ。

逆に皇女イリーヤは、金糸でできた生地にダイヤモンドをちりばめたドレスで目立ち、あれぞ皇后。あれぞ国最高の女性。一公国の姫と、大帝国の孫皇女ではやはり違うと讃《たた》えられていた。

与えられた予算には限度がある。同じ物は望めない。

だが、皇帝の装いを先に知っているという有利さを活かし、入念にドレスを用意させたのに。

(また、あざ笑われてしまうの？　やり直しの人生でしたことは、無駄になるの？)

ざあっと頭から血が引いてしまう。

暗くなる視界の中、声もでないほど小さくなっておびえる侍女を見て、はっとする。

今、一番怖くて、つらくて、悲しいのは――自分ではなく、この侍女だ。

ありえない失態に、自分のみならず、家族にまで罰がいくかと恐れる彼女を見て膝を突く。

しゃくりあげ、ろくに返事もできない侍女の背中を撫でる。すると彼女は涙ながらに訴えた。

「イリーヤ皇女です！　彼女が姫様を妬《ねた》んで、このような酷い嫌がらせを！」

侍女がたまりかねた様子で叫ぶと、他の侍女たちも顔を見合わせ同調しだす。

「確たる証拠もないのに、人を疑うのはおよしなさい」

腹に力を込め、一言ずつ明瞭に発したアマリエの声は、皆を静まらせるのに十分だった。

「そう思いたい気持ちはわかります」

アマリエが認められるに従って、宮殿では、イリーヤを皇后に押す者と、アマリエを皇后に押す者とに別れ、互いを牽制《けんせい》し合っていた。

実際、派閥と言ってもおかしくない。

アマリエは、自身から指示してどうこうということもないし、侍女たちにも、決して相手にしないよう言い含めているが、相手もそうとは限らない。

とくに、イリーヤの出身国であるルーシ帝国に縁のある貴族や、支持することで利を得る貴族は、ありもしない噂を流したり、届くはずだった手紙を隠すよう侍従に金を握らせたりと、忙しい。

当のイリーヤと言えば、相変わらずアマリエ様と慕う様子を変えないが、ヴェンツェルといる時は、アマリエをないがしろにするような強引さが目立ってきた。

こんな悪質な嫌がらせをされ、侍女たちが彼女を疑うのも当然だし、やられっぱなしの状況に不満を募らせるのもわかるが、証拠もないのに決めつけては、アマリエこそが加害者だと偽られかねない。

（それに、今、解決すべき問題はそこではないわ）

悪意をぶつけられたつらさと、明日への不安から、胃が引き絞られるように痛むが、侍女たちを落ち着かせる為に、アマリエはあえて平然と告げる。

「明日の舞踏会で着るドレスをなんとかしましょう。……犯人捜しなど後でいいわ」

「でも、この時期……仕立屋も捕まらないどころか、生地だって、いいものはすでに売り切れかと」

舞踏会でも、皇帝主催となれば貴族のほとんどが参加する最大のもの。

国中の貴婦人がドレスを仕立てるため、数ヶ月前から予約で一杯。手の空いたお針子などいない。

「給金を倍以上出すから。そう頼んでも無理でしょうか？」

侍女の一人が言いだし、皆が顔を輝かせる中、不幸にも騒ぎに巻き込まれたベドガーが、居心地悪げに難色を示す。

「お勧めいたしません。よい職人は目先の金より信頼を重視します。ろくなお針子は集まりますまい」

「そうね……。大金で職人を取られた人も、私に対していい感情を抱かないでしょうし」

アマリエが横から職人を奪えば、その職人にドレスを頼んでいた、別の女性が泣くことになる。

見栄と世間体が重視される貴族社会だ。それでどれほど恨まれるかはわかる。

「ともかく、皇帝陛下に……」

「それも駄目。……今日の陛下は、明日の舞踏会に出席する外国の貴賓を迎えたり、会談したりで、予定は一杯よ。私のことでお時間を取らせる訳には行かないし、宮廷内部でこのような悪戯があると大切なお客様に知れるのも、帝国の外聞がよくないわ」

どんなにヴェンツェルが皇帝として表でがんばっても、裏で宮廷女性がいさかっていれば笑われる。

皇帝のくせに女たちの手綱を操ることもできない。いずれ皇后か愛人に振り回されるだろう。と。

宮廷の女主人である皇后がいれば、その人が納めてくれるだろうが、今はまだ空席だ。

いや、空席だからこそ、皇后候補であるアマリエが、きちんと納めなければならない。

「ドレスがないのでは話になりません。明日はご欠席なさいますか？」

それまで、部屋の隅で黙って居たヴィクラー女史が、眼鏡の奥で瞳を冷たく光らせる。

まさかと思いかけ、頭を振る。

（私が犯人を捜さないと侍女たちに言ったのだから、今は解決策を出すのが先。……こんなことをされて、疑心暗鬼なまま判断するのは危険なこと）

皇后教育女官である、ヴィクラー伯爵夫人の奇妙な視線を記憶に留め、警戒しながらも、意識は明日への対応に向ける。

新たにドレスは作り直せない。手持ちもない。ヴェンツェルに言えない。

八方塞がりの状況の中、いろいろと模索する。

考えすぎで頭が痛くなりそうだ。

（それにしたって、どうしてこんなことに……）

磁器の新作を手に訪れた錬金術師のベドガーと、工房の様子を尋ねがてらお茶をしていた。

磁器でできた細工や花を見ながら、侍女たちと話を弾ませ、楽しい午後の一時を過ごしていたのに。

どうして。

繰り返しながら、先ほどまでアマリエがいたテーブルを見る。

窓の前に用意されたテーブルは、騒ぎに関係なく、午後の光の中、ただ静かにたたずんでいた。

薄く白いカーテンが、初夏の風に煽られ優美な襞《ひだ》を作り揺れる。

「あ……」

時間が止まった気がした。

目の前にあるものとは別の光景が、急激に頭の中で色を持つ。

（そうだわ。……前の人生では、確か）

ひらり、ひらりと優雅に揺れるカーテンの布の波、明日の舞踏会の主旨、この帝国の為になること。

様々な景色と知識がわあっと頭の中に溢れ、色となり、最後にはすべてが光になる。

侍女たちが言葉を待つ中、アマリエはあえて微笑み、ヴィクラー女史へ眼を向けた。

「大丈夫です。ご心配なく。……私は、明日の舞踏会に、皇后となる娘にふさわしく装い、出席して見せますから」

告げ、一番信頼できる侍女たちと、乳母エッダ、そして錬金術師ベドガーだけを残し、護衛やヴィクラー女史を退室させる。

「さて」

手を叩き、磁器細工の花が入った箱を手に、アマリエは残った者——口の堅い侍女たちを見渡した。

「一番上等の白絹を、できるだけ沢山。そして、ありったけの金線と金線細工師が必要になるわ」

言って、アマリエは箱の中にあった磁器の薔薇を摘まみ、揺れるカーテンにかざして見せた。

第四章　初夜～夏至祭の夜に愛する人を抱く～

帝国の中心たるグリューネブルン宮殿では、夏至舞踏会が始まろうとしていた。

夏を告げる舞踏会、しかも皇帝主催のものとしては最大級とあって、国内のみならず海外からも大勢の貴族や富豪が参加し、会場にひしめきあっている。

会場であるレドゥーテンの間は、シャンデリアで昼よりまばゆく照らされ、色とりどりのドレスを身に纏った貴族令嬢たちが、期待と興奮を表情にしながら、皇帝の登場を待っていた。

帝国中の貴族が集まるということは、最大の結婚市場でもある。

この日を目標に身体を磨き、服をあつらえ、飾る宝石を吟味し、一番美しい姿を見せる。

それが自分の未来を決定すると、未婚の貴族令嬢ならば誰でも知っている。

皇帝にはアマリエという婚約者がいるが、婚礼はまだ。

より皇帝の寵愛を受ける女性となれれば、第二、第三の妻として皇妃も狙える。

皇后か皇妃には、一人以上は必ず四大公爵家の子女を入れるよう法律で定められているが、逆を言えば、一人でも妻に迎えていればいい。他の席など、皇帝のごり押しでどうとでもなる。

四大公爵家にはアマリエ以外の花嫁候補がいないのだから、女性たちの野望は自然と高まる。

――皇帝の寵愛を得て、男児を産むが勝ち。

この帝国随一の女権力者として君臨する、またとない機会だ。

会場を見下ろす形で巡らされた二階の特別席で、イリーヤはほくそ笑む。

(不可侵条約の締結に来たヴェンツェル様を見た時から、絶対、ものにすると決めていたのよ)

学識と武勇においても評価が高く、見目麗しき皇帝。

君主としてはまだ若く、経験の足りない部分はあるが、才能や努力で補おうとする気概がある。

欠点があるとすれば、生真面目過ぎるところや、彼の統治するバーゼル帝国が、戦争の影響でやや力を落としていることだが、それについては問題ない。

閨に入れば骨抜きにする方法はいくらでもあるし、バーゼル帝国の国力が落ちていると言うのなら、形だけ帝国という器を残し、中身をイリーヤの母国――ルーシ帝国に入れ替えてしまえばいい。

地位と名誉と自由な生活。この三つを完璧に保証する男は、ヴェンツェル以外にいない。

(野暮《やぼ》ったい北国に戻されて、粗野で、妻を欲望の納め物か、子を産む道具としか考えない男に嫁がされるのは、嫌!)

部屋から舞踏会場まで移動する間に乱れた裾や、主の髪を直すことに一生懸命な侍女などまるで構わず、イリーヤは手にした白銀の羽扇を口元へ導く。

野心と欲望にまみれた薄ら笑いを、とても愛らしく上品な動きで隠し、また階下を見やる。

(わたくし以上に美しく、豪華な装いをしている娘はいない)

身を包む布地は、金を練り込み太陽のように輝く絹。

王冠を飾ってもおかしくないほど大粒のダイヤモンドで首と腕を飾り、頭には皇女を示す銀のティアラが燦然《さんぜん》ときらめく。

下どころか、二階の特別席を利用する外国の貴賓や、高位貴族の娘らと比べても別格だ。

(アマリエも参加できないでしょうし)

ここ二月ほどのいらだちを丁寧に隠し、傲然と皇后候補の娘を呼び捨てる。

忌々しい。それが、ここ最近のアマリエに対する正直な思いだった。

資金を湯水のように使い、宮廷内での味方を増やした。

大帝国の皇女という立場を利用しては、アマリエから皇帝と食事やお茶をする機会を奪い、けれど、アマリエ当人とは、表向き仲がよいよう見せかけ取り繕った。

そして、金や権力で飼い慣らした侍女や侍従らに噂をばらまかせ、圧力を与え続けた。

——皇帝の寵愛はアマリエではなく、イリーヤにこそある。と。

しかし、ヴェンツェルは予想外に身持ちが堅い男だった。

純粋無垢を装い、男が好みそうな甘い容貌と仕草ですり寄り、腕を胸に押しつけ、性的に煽ることまでして見せたのに、一向になびこうとしない。

そもそも、出会った時からそうだった。

(この美貌と皇帝の孫皇女という立場を出せば、どんな男でも、恋人や妻を捨て、よだれを垂らしながら平伏し、愛を請う犬となって、わたくしに侍《はべ》ると言うのに!)

あの男は、「将来を誓った婚約者がおりますから」と、そっけなく言い捨てたのだ。

その時に見せた冷ややかさと、眼差しに潜むイリーヤへの侮蔑に、腸《はらわた》が煮えくりかえった。

この自分が！　巨大なルーシ帝国で、なに一つ手にはいらないもののないイリーヤが、夫にしてやろうと言うのに。

調べてみれば、その婚約者とやらは、バーゼル帝国を構成する属国――公爵風情の姫でしかない。

ふざけるな。必ず膝を折らせ、自分を皇后にさせてみせる。

ヴェンツェルと会った二年前、イリーヤは十四歳にすぎなかったが、そこらの姫より老成し、狡猾な女であった。

孫皇女としてちやほやされても、それで生き延びられるほど、ルーシ帝国の宮廷は甘くない。

裏切りと買収、贈賄と不倫は日常であったし、当の皇帝である祖父イヴァンも、兄から帝位を簒奪《さんだつ》して地位を得た男だ。

人は嘘をつくもの、裏切るもの。欲しければ金や地位どころか、身体を使っても奪うべし。

そういった環境で育てられたイリーヤからすれば、アマリエなどものの数ではない。

自然で清楚な美貌や学識の深さ、それを鼻にかけない控えめな態度など、アマリエの美徳を数え上げれば切りがなかったし、イリーヤにはないものも多かったが、その程度は簡単に潰せる。

まず、皇后教育女官ヴィクラーの実家をはした金で援助し、警戒しながら謝礼に訪れた彼女に、秘密の恋人の名を出し脅し、皇后となるのに協力すれば、女官として最高位を与えると約束した。
二、三度、不安を煽り、脅し、褒め、そうやって揺すぶっただけで、ヴィクラーは面白いほど狙い通りに、アマリエに嫌味や皮肉で圧力をかけ、その才能や美貌を萎《な》えしぼませた。

アマリエはこのまま花開くこともなく、いずれ腐っていく。

もはや皇后の座は自分のものだと確信し、先日、それとなく、重臣たちもいる晩餐《ばんさん》の場でヴェンツェルに結婚をおねだりしたが、答えは二年前と変わらなかった。

――私の傍らに立つ娘は、アマリエしか考えていない。

それだけでなく、「遊学として許された一年を過ぎれば、早々と国に戻り、身を固められたほうがいい。そのほうが祖父皇帝もお喜びになるだろう」など、にっこりとした笑顔の裏で、イリーヤに「出て行け」と腹黒く告げたのだ。

なんという屈辱。アマリエがその場に居なかったのが幸いだ。

同時に、衝撃とともに思い知らされた。

イリーヤはなんでも手に入る。――好みの結婚相手以外。

国に戻れば、臣下のいずれかと結婚させられるだろう。だが、好みの男などいない。

西方諸国に比べ、文化も作法も洗練されていない北の貴族など、金を持っている蛮族も同然。

洒脱《しゃだつ》な会話や、歌劇や音楽を楽しむこともない。

結婚すれば、妻として雪に埋もれる屋敷に幽閉され、子を産み育てさせられるだけ。

なんの楽しみもない未来が待つとわかっていて、なぜ帰らなければならないのか。

だからアマリエの馬具が壊れるよう細工させた。

そして彼女が鞍に上がった時、獣が嫌がる匂いをなすりつけた手で、馬の鼻面を撫で回した。

暴走する馬から振り落とされ、蹄に蹴られて死ぬか、そこまで行かなくとも、腕か足を骨折して障害を残せばいい。

皇太子を産むだけでなく、時として皇帝の代理もこなす皇后には、健康かつ五体満足が条件。歩くのに支障があるとなれば、すぐに候補から外される。そう考えたのに。

（あれが、裏目に出た……）

ぎり、と奥歯を鳴らす。顔をしかめたかったが、誰が見ているかわからないので我慢する。

周囲に洗脳させ、己を卑下し、皇帝から厭われていると考えるよう仕向けたのに、落馬してからのアマリエは、イリーヤがかけた呪いが解けたように、前向きな女性に変わってしまった。

「アマリエは皇后の座に執着しているだけ」との噂で焚《た》きつけ、臣下に「イリーヤを皇后として援助を受けるべし」と言わせることで、選択の余地を失いつつあったヴェンツェルも、前向きなアマリエに同調するように、政治的才能や外交手腕を花開かせ、危うげな財政を立て直しつつある。

ヴェンツェルは一個人としては理想的なほど誠実だが、皇帝として誠実すぎる。

故に腹芸ができず、民や臣下の要望すべてに応えようと無理し、結果、力不足で全員に不満を抱かせる。

為政者としてそう分析されていたのが嘘のように、決断力と次に起こるだろうことを予測する才能――政治的洞察力に――磨きがかかったと評されだした。

一部の貴族や、ルーシ帝国側の密偵などは、皇帝には未来が見えてるのではないかと怯えるほど。

バーゼル帝室と四大公爵家には、不思議な力が働いている。

だから常に、きわどいところで国難を乗り越える。――他国の王たちが、酒宴の度に語る与太話《よた》だ。

単なる偶然かこじつけだが、それを信じ、皇帝を恐れ、イリーヤから離れようとする者も出始めた。

なにより、ヴェンツェルがおおっぴらにアマリエを溺愛しだしたのがまずい。

そうなれば、自然、宮廷で優勢だったイリーヤの権力も削《そ》がれ、最近では、アマリエへの賞賛のほうがうるさくなりだしている。

(絶対に許せない)

ヴェンツェルがアマリエを愛していようが、いまいが、構わない。

どんなに好きであろうと、アマリエが取り返しのつかぬほど失脚すれば、彼もかばえまい。

「アマリエ様は、遅いですわね……？」

挨拶に来たヴィクラー女史――脅されてイリーヤの手先となった、皇后教育官を見やる。

炭粉をまぶした猫を送り込んだのだから、出席できるわけもない。

それを知りつつ口にしたのは、イリーヤは嫌がらせとは無関係で、あくまでも純粋に、友としてアマリエを慕っている。という芝居だ。

なのに、「ご欠席される模様です」と伝えてくるはずのヴィクラー女史は、青ざめながら唇を震わせた。

「どうかされたの？　ご準備に時間がかかっているのかしら？　それとも、具合が？」

予想とは違う反応に、訳のわからぬ悪寒が走る。

まさか、そんな。出席できるはずがない。

天使のように美しい皇女という演技を、ぎりぎりのところで取り繕っていると、陛下からわあっと歓声が聞こえてきた。

目をやり、イリーヤは醜く顔を歪め、手から扇を落とす。

皇帝に手をとられ、恥じらいながら現れた乙女がいた。

イリーヤや女性たちだけでなく、男たちまでもが乙女の姿に釘付《くぎづ》けとなる。

真珠のように光り輝く最高級の白絹を二重にし、胸の下で切り返している。

長く後ろに裾引かれた上の一枚は、彼女の歩みごとに優雅に波打ち、身体を覆うもう一枚は、真っ直ぐに脚に沿って揺らめき動く。

巨大なパニエで滑稽なほど尻を大きく強調したりしない。

女性が持つ自然なまろやかさに沿い、ちょっとした動きで生まれる布襞が目に美しい。

目立つ朱金の髪は高く結い上げず、首の後ろから少しだけ三つ編みにしてまとめている。

その頭に飾るのは、様々な花でできた冠。

生花など、とあざ笑おうとしたイリーヤの横で、侍女が「磁器の花だわ」と目をみはる。

「寄越《よこ》しなさい！」

金切り声になるのも構わず、その侍女から観劇用遠眼鏡を奪い取る。

確かに、その通りだった。

今にも花開こうとしている薔薇、水仙、クロッカス。どれも見事で本物のようだが、表面が艶光りしていることや、今の時期に咲くはずのない花が混ざっていることから、磁器の細工物だとわかる。

冠だけではない。

金線の蔓《つる》に通され、乙女の細腕に絡む花や、小鳥たちも磁器で作られている。

唯一、宝石と言えるのは、広く開いた喉元を飾るダイヤモンドの五連ネックレスだけ。

だが、そんなことは問題でない。

ドレスから余計な装飾を取り払い、白絹で身を飾った乙女の身を彩るのは、華やかで、宝石より希少で高価な磁器の花々。

その姿は古代神話の花と美の女神そのもので、誰もが感嘆の吐息をこぼす。

周囲の視線を集めていた乙女は、皇帝から「アマリエ」と促され歩きだす。

途端、はっ、と男たちが息を呑む。

胸から落ちる白絹の滝から、しなやかに脚の線が浮き上がる。

古代風なドレスから布を通して脚の線が見えた途端、アマリエから色香が匂い立ち、女のイリーヤでさえどきりとした。

波が引くのと同じようにすぐに布から脚の形が消え、清楚さが現れたかと思えば、逆の脚が優美に浮かび上がり、再び艶に魅せられる。

ごくりと、誰かが唾を呑む。

素足どころか、足首を見せるのも恥知らずとされる社交の場なのに、誰もアマリエを非難できない。

アマリエがあまりにも高貴で、優美で、神聖だから。

息をつめて皆が見守る中、彼女は、淑やかにヴェンツェルと玉座の前で並び立つ。

軍服の大礼装の横で恥じらうアマリエの姿は、彼を守護する女神にしか見えない。

「トレビアン！」

芸術にうるさい西のロアンヌ王国の公爵夫人が、我を忘れて自国語で叫び、ああ！　と声を放つ。

「なんて素晴らしいの！　そして、なんて野暮ったく私たちはドレスの裾を膨らませたりしてしまったの！」

そう続けられ、イリーヤは、自分が着ている黄金のドレスが、この上なく下品でつまらなく思えた。

イリーヤの考えを肯定するように、周りの侍女たちがそっと視線をそらす。

それはアマリエへのいらだちが、イリーヤの中で憎しみへと変わった瞬間でもあった。

◇◆◇

始まりが度肝を抜くものであった為か、この夜の夏至舞踏会は、過去最大級の盛況ぶりだった。

長らく秘密だった磁器の生成に成功したという大発表に加え、皇后候補であるアマリエの意表をついた装いが、帝国の繁栄の象徴として、誰の目にも印象付けられる。

なにせ、国王の寵姫として名高く、流行の発信者として注目されている西国の公爵夫人が、舞踏会そっちのけで、アマリエのドレスと、磁器の花でできたアクセサリに夢中なのだ。

レースや宝石、沢山の布で膨らませ、豪華さの頂点を極めすぎていたドレスに、いかに飽き飽きしていたか声高に語り尽くすだけでなく、アマリエのドレスを流行にせんと、目を血走らせ、質問攻めし続ける有様。

そうなれば他の令嬢や貴婦人も、右にならえとアマリエの周りに集い、趣味の素晴らしさや斬新さ、気品のある装いを恥ずかしいほどに褒《ほ》め称《たた》える。

もちろん、アマリエだけが注目されている訳ではない。

身を飾る磁器の花を作り出した技術の高さや、磁器工房への投資というヴェンツェルの大胆な政策も、各国の外交大使や要人男性の間で話題となっており、販売はいつか、輸出はするのか。するなら我が国が優先的に、いやいや、我が国こそがと商売談義に忙しい。

対応するうちに夜半となり、人々の酒も進み、舞踏も、お行儀のよい円舞からワルツへと変わりだし、無礼講の空気が強くなっていた。

「いやいや、磁器の製造方法を確立しただけでも十分なのに、それで花を作るとは。本当にしてやられました。……我が国の王后陛下が耳にされたら、さぞや欲しがるでしょう」

初老の外交特使が微苦笑で言うと、ヴェンツェルはにこやかに応対する。

「それでは、特使が帰国なさるまでに、いくつか用意させましょう。まだ試作が終わったばかりで申し訳ない限りですが」

「なんと！　それはありがたい。いい土産です。この出来映えで試作とは恐れ入る」

隣に立っていたアマリエの花冠や腕飾りを見つつ、特使がひげを撫でると、ヴェンツェルは満足げにうなずいた。

（先ほどから、安請け合いされているけれど。ベドガーが怒らないかしら）

ドレスを駄目にされ、手に入るだけのものでなんとかしようと考えた時、歴史書で見た聖女の挿絵を思い出した。

ドレスにパニエを入れず、色も使わないなど、現在の流行からすれば掟破《おきて》りだが他に方法はない。侍女たちが夜通しで、綺麗に襞ができるよう検討しながら布を縫い合わせ、ベドガーが持ってきていた細工品を、大急ぎで腕輪や冠に仕立てあげた。

身を装って会場へ来た時は、胃どころか心臓まで痛かった。

遅れて登場したアマリエを見て言葉を失ったヴェンツェルに、終わった、と絶望しかけた時。

彼は衆目の前でひざまずき、アマリエは皇帝である自分より上の存在、天から降り立った女神だと言いたげな仕草で手をとり、その甲に口づけて告げた。

――綺麗だ。この世のものとは思えないほどに。

そこからはもう、よく覚えていない。

今までになく熱狂してアマリエを迎える人々に驚き、夢なのかしらと思っているうちに、招待客が挨拶の列をなし、それに応えるので精一杯。

「どうした？」

ほくほく顔で場を辞した特使を見送り、皇帝に用意された休憩の場へ下がりながら、ヴェンツェルが尋ねる。

「いえ、陛下がされた大量注文にベドガーが怒らないかと」

「まさか。……しばらくは忙しさにいらいらするだろうが、売り上げに応じた割合で、あいつの懐にも金が入る契約だ。錬金術の高価な試薬を存分に買えると、すぐに機嫌を直す」

「そうかもしれませんけれど……ッ！」

眠れないほど忙しくなってしまうベドガーに同情していると、素知らぬ顔でヴェンツェルがアマリエの背中をすっと撫でた。

びくりと肩を跳ねさせ、真っ赤になりながら相手をにらむ。

歓喜を持って迎え入れられたアマリエのドレスだが、たった一つ欠点がある。

背中が大きく開いて、肌が露出していることだ。

服装規定から逸脱するなら、いっそ髪型もと、ゆるい三つ編みにすることで隠してみたが、すぐ素肌に触れられることに変わりはない。

普段ドレスに隠れている部分が剥《む》き出《だ》しなだけでも恥ずかしいのに、アマリエの悩みなどおかまいなしにヴェンツェルは触れてくる。それも貴族や外交特使を相手にしている時に。

友好関係にある国の、若い王子が挨拶に来た時など、なお酷い。

にこやかな顔で気の利いた会話をしながら、相手に見えない背中では、アマリエの三つ編みを摘まみ、その毛先で背筋をくすぐるのだ。

ばれた時にどう思われるかという緊張と、無防備に肌をくすぐられる恥ずかしさで、始終ふるふる震え、ろくに受け答えできなかった。

最初は普通に話していた王子も、アマリエが目を潤ませたり、息を乱したりするうちに、どんどん気まずげな顔となり、すぐ真っ赤になって逃げ去った。

あまりのことに拗ね、ヴェンツェルの腕をきつく掴んでも、彼は含み笑いをし、ことさら愛おしそうにアマリエを見つめるばかりで、一向に効果がない。

それどころか、腰を抱き寄せ、はしたないほど自分に身体を密着させだす。

老臣の誰かがヴェンツェルを諫《いさ》めることを期待したが、今夜だけはそうならなかった。

彼が、始終、アマリエのことを「未来の妻、皇后」と、人々に紹介し続けたからに違いない。

婚約者として不適切な距離でも、妻なら、ただただ睦《むつ》まじい。そういうことだ。

(どうして、今夜、こんなに急に……)

戸惑いながら、アマリエへ水を勧めるヴェンツェルを盗み見る。

今まではラウエンブルグ公女、またはアマリエと名を呼び、婚約者の扱いを崩さなかったのに、今日は、皇帝である自分の正式な伴侶だと、周囲に印象付けたがっているようだった。

(まだ、わからない、のに)

皇后戴冠式までは半年ある。決定ではない。

わかっていながらも、妻と紹介されてときめく自分がいた。

「部屋に下がるか」

溜息をこぼした理由を、恋心ではなく疲れと取ったのか、ヴェンツェルが少し心配げに問う。

「よろしいのですか?」

「ああ。……予定されている公務は果たした。宴は無礼講で朝まで続くが、私は早く下がりたい」

皇帝として用意に疲れたのだろう。

おもんぱかりながら、差し出されたヴェンツェルの手に自分の手を重ね、同意を示す。

「エッダたちは……?」

こういった場合に従ってくる侍女を探すが、不思議なことに誰もいない。

「先に下がらせた」

簡潔なヴェンツェルの問いに、そうだった、と思い至る。

侍女や侍従に、今日までの働きをねぎらい、個々で舞踏会を楽しませてよい時間になっている。

気が回らなかった自分を反省しながらも、ヴェンツェルと二人で過ごせるのが嬉しい。

会場を出て回廊を歩く。特に会話はないが気詰まりではない。

お互いが舞踏会の成功に安堵し、興奮の名残を収めようとしているのがわかる。

（とても、素晴らしかったもの。……ヴェンツェル様も言葉にならないぐらい昂ぶるのは当然）

そう考えながら回廊を歩き続けているうちに、アマリエはふと気づいた。

――この方向は、アマリエの私室に繋がる道ではない。

「え……？　あの、私の部屋は」

「いいんだ」

ぎゅ、と口端を引き締めた横顔から厳しさを感じ、アマリエは言葉どころか息まで飲み込む。

（やはり、ドレスがいけなかった？　欠席したほうがよかった？）

先ほどまでは上機嫌だったのに、内心は違っていたのかも？　などと気を回すうち、見知った部屋の前へ辿り着いた。

「皇帝陛下っ」

語尾が強まってしまう。それも当然だろう。

皇帝が最も個人でいられる場所。他ならぬヴェンツェルの私室の扉が開かれたのだから。

落ち着いた調度品で、居心地よくしつらえられた部屋が目に飛び込んでくる。

「陛……下ッ！」

驚きに目を見開くと同時に、今までにない強引さで部屋に連れ込まれ、後ろ手で素早く鍵をかけられてしまう。

「陛下……！　ヴェンツェル様！　いけません」

男女二人で室内にいるのは、礼儀違反だ。

入口の扉を開けておかなければ、中でふしだらなことをしていたとされる。

不名誉な噂で、好きな人の名を傷つけたくはない。

あわてて取っ手にすがろうとするアマリエを阻み、ヴェンツェルは、覆《おお》い被《かぶ》さるようにして抱きついてきた。

突然、腕の中に閉じ込められ、鍵を開けようとしていたアマリエは手を止める。

「私と二人でいるのは、嫌か」

「嫌なはずがありません。ですが……」

「構わない」

言うなり首筋に熱っぽい吐息を吹きかけられた。

びくりと身体を跳ねさせ、アマリエは混乱のまま訴える。

「ですが……っ、んっ……ヴェンツェル、様。……このまま、では」

駄目な理由を言おうとするのに、露出した肩や首を唇で吸われ、甘い疼きに声が途切れる。

くすぐったさと淫らさに身をよじるが、アマリエを抱くヴェンツェルの腕は強く、抜け出せそうにない。

このままでは、一線を越えることになる。

「私たち、は」

「婚約者だ。不義の関係でもない。法に背く関係でもない」

「ですが私たちは、まだ婚姻……んあっっ！　あ」

胸を覆う布をぐいとさげられ、胸の膨らみを唇ではまれた。

肌から、じん、とした疼きが染み入り、アマリエは小さく喘ぐ。

「あ……っ、ぅ……。や、そこ……は、それ以上、は」

布の端が乳首に引っかかる。

もしヴェンツェルが、かけている指の力を強めれば、女の膨らみが彼の目にさらされてしまうだろう。

想像し、はしたなさに目を覆いたくなる。

なのに腕ごと腰を抱かれていては、身を震わせるのが精一杯だ。

鎖骨から喉元、耳の付け根へと唇で辿り、柔らかな耳殻に歯を当てながらヴェンツェルが囁く。

「お前を、抱く」

決然とした声に目をみはる。同時に敏感な耳を食《は》まれ、甘く淫らな刺激に身を竦《すく》めた。

「んっ……、あっ……」

「アマリエ。……アマリエ」

ぴちゃ、くちゃ、と言う耳孔をねぶるはしたない水音とともに、乞い願う声で名を呼ばれ、脳の奥がぼうっと甘くかすんでいく。

決して舐《な》めたり噛んだりする部分でないのに、そうされることが心地よいと感じだしている。快楽へ繋がる細い糸が、理性に少しずつ絡み出す中、アマリエは流されまいと声を出す。

「駄目……。駄、目ぇ……まだ、婚約で、しか、ぅ……ぁ、あ」

もはや礼儀もなにもない。子どものように幼い声しか出せず泣きたくなる。

けれどヴェンツェルは、甘ったるく溶けたアマリエの声をたしなめるどころか、ますます煽られたようで、開いた背の肌を手で大胆に撫でつける。

「ひあっ……ぅ！」

驚き喉ごと身をそらす。

あっけないほど無防備になった喉首に、獣のように歯を立てて、ヴェンツェルがまた囁く。

「私が嫌いでないなら、なぜ拒《こば》む」

「はしたないことをしたら、皇后に、ううん、ヴェンツェル様の、花嫁にふさわしくないって、後ろ指を指されて、しまう。あなたの……名を、汚してしまう……からっ」

「っ……。くそっ、こんな夜に、こんな姿で、そんないじらしいことを言うな」

たまらないと言い残し、ヴェンツェルはアマリエを抱き上げる。

弾みで、頭を飾っていた磁器の花冠が床に落ちるが、もう気にしていられない。

「誰がお前を手放す？　誰がお前を手放せる？」

熱に浮かされた病人のように、心あらずにヴェンツェルは繰り返し、驚くほど大股で部屋をよぎる。

寝室の扉を蹴り開けられ、彼らしくない乱暴さと焦りぶりに気を奪われてしまう。

「ヴェンツェル、様？」

ヴェンツェルはベッドの真ん中にアマリエを下ろし、逃さないよう太股《ふともも》を膝で挟み手を突く。

「舞踏会場にお前が姿を現した時、誰もが、ありとあらゆる男がお前を見て、あがめ、讃《たた》えた。ありとあらゆる男が、だ」

身の内に猛《たけ》る感情を抑えながら絞り出された声に困惑する。見られていたのは確かだ、けれど。

「あれは、私が……変わったドレスを着ていたから、珍しい装飾品を付けていたから……」

自分だから、という理由がにわかに信じられず、違うと思える理由を述べる。

するとヴェンツェルは聞き分けのない少年みたいに、整えた髪が乱れるほど頭を振りしだく。

「違う。……わからなかったのか？　男たちがどれほど物欲しげにお前を見つめていたか。渇望の眼差しを注いでいたか。私の横に立っているのに。私の婚約者なのに！」

ひしと抱きしめられて息を呑んだ。自分のことで手一杯で、一人一人の顔など覚えていない。

だが、今、重要なのは、ヴェンツェルからそう見えたことだ。

「ただの婚約者。まだお手つきでない。望みはある。そういった話が遠くから聞こえてくる中、どれだけ忍耐を強いて皇帝を演じていたと思う。……嫌だ。渡さない。絶対に。絶対にだ！」

恋する男が独占欲を吐露する様に、たちまち身体が火照《ほて》りだす。

あっけにとられると同時に、感動すらしていた。

常に抑制された理性と、落ち着いた物腰を崩さなかったヴェンツェルが、なりふり構わず自分を求めるなんて。一体どういう夢だろう。

現実とは信じ切れず、相手が正気なのかとすら疑い、名を口に上らせかけた時。

「好きだ。アマリエ。愛している」

「ヴェンツェル、様」

喉がひくっとわななないた。

一生、聞くことがないだろうと思っていた言葉に心臓が止まる。

震える唇で慎重に息を継ぐ。そうしないと、この夢が壊れてしまいそうで。

「ヴェンツェル様が、私を……好き？」

「ああ」

「どうし、て？　……その、私との婚約は」

しきたりに乗っ取った政略だったはずだ。

皇帝は、最低でも一人、四大公爵家の血筋から妻を選ぶ。それは法律で決まっている。

そしてこの時代、アマリエ以外、それに該当する女性がいなかった。

だから選ばれたのだと、ずっと宮廷で囁かれていた。

おずおずと口にすれば、ヴェンツェルは苦いものを呑んだ表情になり、馬鹿、と返す。

「好きでもない女を、他でもない皇后に迎えるか。……確かに、最初は事情ゆえの婚約だった。だが、そう月日を経ずに、お前が花嫁となる日を待ち望むようになった」

肩を掴み、額を合わせながらヴェンツェルが告白し続ける。

「なのに宮廷へ来たお前は、徐々に俺を、皇帝陛下と見なすようになり、個人として接しなくなった」

「それ、は……。皇后教育で、皇帝陛下は礼節を重んじられる方。なれなれしい女性は嫌いだと」

皇后候補として宮廷に招かれた女性は、戴冠式の準備期間である二年の間に、皇帝を支える力量はあるか、民の国母となるに相応しい女性かを、周囲から厳しく吟味される。

だから間違いは許されない。常に完璧であるべし。失敗するのは無能。そして無能な姫を娶らねばならぬ皇帝と、他ならぬヴェンツェルの評価が下がる。

ヴィクラー女史や、アマリエを評する貴婦人らから、くどいほど聞かされた。

前の人生では、完璧になろうとすればするほど悪く言われ、やがて自信を失い、ヴェンツェルとの距離が広がるにつれ、自分では駄目なのだと卑屈になった。

もし、生き返ることがなければ、彼に愛されているなど思わぬままでいただろう。

「いつ、私が礼儀のみで接しろと？」

「あ……」

頭の中に光が走り、以前、彼がつぶやいた言葉が鮮やかによみがえった。

――皇帝陛下ではない私が、まだ、お前の中にいるのだな。と。

「皇后ではなく、私として、陛下を……ヴェンツェル様を望んで、よかった？」

そうだという風に、ヴェンツェルが自分の思いを語る。

「もちろんだ。……宮廷に来て、皇后たろうとして私と距離を置くお前に対し、嫌われたのか、それとも、他に好きな男でもできたのかとどれだけ考え抜いたか」

「そんなことありえません！　ヴェンツェル様以外に、好きな方なんてっ……！」

声にして、あわてて口を塞ぐがもう遅い。

赤くなったアマリエの前で、ヴェンツェルが嬉しそうに笑う。

「……ああ。つい何ヶ月か前までは、いっそ自由にしてやったほうが、お前は幸せなのかもしれないと本気で悩んでいた。私の前で笑えず、元気を無くし、皇后という名の人形として生を終えるだろうアマリエを見続けるぐらいなら、いっそ、別の男の、手で、と……」

ぎりっ、と奥歯の鳴る音がして、そうだったのかと腑《ふ》に落ちる。

――結婚を白紙に戻し、皇弟のエルンストと結婚するよう仕組まれたのは、他でもないアマリエを思ってのことだった。

欠けていた破片がはまるように、綺麗に物事が繋がった。

（ヴェンツェル様は、私を見限ったから、捨てたのではない）

前の人生でヴェンツェルがした選択の真意を理解する。

財政が立ちゆかなくなり、援助を受けたルーシ帝国の孫皇女との結婚を回避できなくなった時、彼は、アマリエの幸せを願って手放した。あるいは、遠ざけようとしたのだと。

「愚かな考えだと痛感した。今夜ほど思い知らされたことはない。……他の男に委ねるなどできない。お前を失うぐらいなら、帝冠すら捨てて構わない」

感極まった声に胸が高鳴る。こんな激情にあてられて、冷静でなんていられない。

「愛している。アマリエ。そして、二度と手放さない。誰にも、死神にも奪わせたくない」

頬を伝ってぽろぽろと涙が落ちる。

嬉しすぎて胸が苦しい。切ないほどに焦がれた思いが叶い、感動で身がわななく。

「私も、好き。……ヴェンツェル様を、愛しています。たとえ、皇帝でなくても、ずっと、ずっと」

たまらず彼の首筋に顔を埋め、覚悟をそのまま声にした。

「なにもかも、すべて貴方に捧《ささ》げたい」

「……ッ、アマリエ」

腕の力を緩め、顔を合わせる。それから初めて、アマリエから唇を重ねた。

ただただ、ひたむきに唇をふれさせるだけのつたない口づけは、けれど、今まで思い詰めていたヴェンツェルの欲望を堰《せ》き切るのに十分だった。

たちまち主導権を奪われ、ヴェンツェルは熱い欲求のままにアマリエの唇を貪ってくる。

歯で挟み、舌でたっぷりとねぶり、ざらつく表面で擦り上げられる。

いつぞやか、会議室のカーテンの中でされた時より濃厚に味わわれ、下唇が熟しすぎた果実のように膨らみ、敏感になっていく。

ぞくぞくと這《は》い上がるものを感じ、息継ぎに口を開けば、待ちかねたように男の舌が侵入してきた。

溢れる唾液をすすり上げ、派手に音をたてながら、大胆に舌を吸い絡ませられる。

肉厚で熱っぽいのに、ぬるぬるとぬめり逃げるそれは、まるでアマリエを翻弄するように口腔をかき回し、舌先や表面を使い、歯茎や口蓋を執拗なほど舐《な》め回す。

アマリエも懸命に応えようとするが、鎖から放たれた雄が雌を求める衝動は圧倒的で、どうなだめ導けばいいのかわからない。

反応せず、行儀よく、殿方にすべてを任せればよいのですと言われていたことなど、もう頭の端にすらない。

乱れた呼吸がはあっ、はあっと二人の間で響く。

ヴェンツェルの胸に触れた指先からは、軍服越しに力強い鼓動が伝わってくる。

激しく乱れ打つ心臓。獣のような呼吸。一瞬も離れるまいとする唇や舌。

皇帝として臣下の規範であれ。自らをそう律するヴェンツェルらしくない性急な動きで、手が肌に沿わされる。

開いた背中から忍び込んだ手でアマリエの肌を楽しむ傍ら、別の手はドレスをまさぐり、布を留めるリボンやボタンを外していく。

淫らな熱に煽られ、酸素不足でぼうっとする中、ヴェンツェルから「腕を」と囁かれる。

言われていることがわからず首をかしげると、脇から、男の肩にかかる手首までを掬《すく》い上《あ》げるようにしてなぞられ、そのまま両方の手を顔の前で一纏《ひとまと》めにされる。

ちゅ、ちゅ、と軽い口づけが手の甲や節に繰り返される。

今までの艶めかしい動きとは打って変わった刺激に、ついどきりとし目を丸くする。

「さあ……見せてごらん」

手を左右に開かれ、貼り付けにされた聖女のような形にさせられると、予告もなく指を離された。

力を失った手が両脇に下ろされていくのにあわせ、緩んだ絹布が肩から滑らかに落ちる。

パニエやコルセットを必要とするドレスと違い、アマリエの着ているドレスは、二枚重ねの絹布を縫い合わせているだけのもの。男が布の後を指で追うだけで、あっけなく肌が露出させられた。

「あっ……」

小さな声を上げた時には、もう上半身は裸に剥《む》かれ、布は腰でわだかまっていた。

あわてて両手で胸を隠すと、その間合いを狙い押し倒される。

勢いはあるが、アマリエを傷つけないよう気を遣っているのが、頭の後ろと肩に添えられた手でわかり、そのことに例えようもない安堵と嬉しさを覚えた。

ふわりと布が跳ね上がり、背中が羽毛布団の柔らかな雲に沈む。

はあっと息を吐き出すと、食い入るように見つめるヴェンツェルの姿が目に入る。

ベッドの横は一面の硝子窓で、差し込む月の光が、アマリエの白い肌を闇に浮き彫りとする。

「見ない……で、くださ、い」

震える喉からつたない声を出し訴えるが、肩を押さえた手は離れない。

「嫌だ。……こんな美しいものを見るなと言われて聞けるものか」

黒曜石の眼を渇望と賞賛で輝かせながら、ヴェンツェルの視線がアマリエの裸をなぞる。

顔から喉元、そこから滑らかに盛り上がる双丘。

膨らみに反して、慎《つつ》ましいほど小さく淡い桃色をした頂点。

それらを眺められるうちに、肌がじりじりと視線に灼かれ、朱を帯びてくる。

誰にも見せたことのない素肌が、羞恥に色づく様を鑑賞しながら、ヴェンツェルは淫靡《いんび》な表情で唇をぺろりと舐めた。

挑発的に釣り上がった口元と、細めた目の端が紅を含むさまは恐ろしく色気づいていて、処女にも関わらず、アマリエは腰の奥を疼かせる。

「だ……め」

わななく唇から息を切れ切れと漏らしながら、せめてもと両手で乳房を覆う。

性的な部分を隠されて、だが、男はそれすらも余興だと言いたげに喉を震わし笑う。

肉食獣に食べられる兎とはこういう気分なのだろうか。

怖いのに興奮する。翻弄され服従することを期待する。

色々な感情が湧いては混ざり、複雑なものへ変化しだす。

ひくっ、ひくっと喉を揺らし、息を詰めていると、野獣のような勢いでそこに顔を伏せられた。

頸動脈《けいどうみゃく》に歯を立てられる。

硬質的な歯の感触に驚くが早いか、ぬるりと舌で舐めすすられた。

それから丁寧に血の筋を辿るようにしながら、首から鎖骨へと男の唇が滑る。

「あっ……ぁ、あっ……！　んっ……！」

気まぐれに強く肌が吸われると、そこに花弁のような赤い鬱血《うっけつ》の痕が散る。

視線の隅にそれを認めた瞬間、ヴェンツェルから所有の証を付けられた気になり、たまらない誇らしさに包まれた。

唇はとどまることなく下がり、やがて乳房の裾野に辿り着く。

けれどそこから先は、アマリエの小さな手が覆っている。

身をすくませ、胸を覆う指に力を込めれば、ヴェンツェルは顔をわずかに離しアマリエを見た。

形のよい男の唇が、時間をかけてゆっくりと開かれていく。

紅《あか》く生々しい口腔の淫靡《いんび》さでアマリエを煽りながら、舌がそろりと突き出された。

「ひあっ……っ、あ……！」

胸を覆う指が、濡れた男の舌でなぞられていく。

爪の付け根から節まで一息に滑らせたかと思えば、指の股の部分に硬くした尖端《せんたん》をねじ込み、隙間を広げるように舐め回される。

熱くぬめったものが肌を濡らす。日常ではあり得ない感触に、肌がわななき肩が跳ねる。

未知なる刺激に誘われるように、身体の奥がじくじくと熱を持つ。

湧き上がる甘苦しさに押され、胸を震わせ大きく息を吸うと一瞬だけ指が浮いた。

その隙を過たず、人差し指が口腔に含まれる。

「……ひゃっ、あ！」

蜂蜜がついていると言いたげに指をねぶられ、アマリエは耳まで赤くして喘ぐ。

すると首から肩を撫でていたヴェンツェルがアマリエの手首を捉え、勢いよく押し開いた。

「きゃっ……、やっ！」

「……ほう、これは」

二人の視線の先で、ふるん、と胸が揺れていた。

「思いのほか豊かで、……そそる眺めだな」

つぶやかれ、アマリエは発作的にヴェンツェルの手首を払い、彼に抱きつく。

「やっ……そんな、目で、見ないで……ください」

裸になることもあると聞いていた。だが、こんなにじっくり見られるのは恥ずかしい。

――淫らで男好きのする胸だこと。身体が小さいくせにあんなに揺れて。はしたない。

宮廷で初めてドレスの採寸をした時に、立ち会っていた侍女が小声で嘲《あざけ》ったのを思いだす。

皇后に、ヴェンツェルに似つかわしくない下品な女と言われたようで、たまらなかった。

それ以後も、入浴や着替えなどの折りに触れ、また胸が大きくなられて……と、これ見よがしに溜息をつかれ続けた。

人生を遡ってからは、あまり言われなくなっていたのだが、それでも、必要以上に胸を締め付け暮らしていた。

同性にだって見られることが苦手な場所を、好きな人に見られるなんていたたまれない。

ぐいぐいと、自分から胸を軍服に押しつける。

そうしていれば、少なくともヴェンツェルの視界には入らない。

「アマリエ。……なにを、そんなに」

苦笑しつつ、愛《いつく》しむ動きでアマリエの後頭部を軽く叩く。

「だって……。こんな大きい、胸……、劣情を煽る、はしたないものだっ、て……」

ひくっと喉をひきつらせ、切れ切れに問うと、長い吐息で答えられた。

「お嫌い、でしょう？　みっともなくて」

「馬鹿な。誰がそんな下《くだ》らぬことを。……妻になるんだ。私の劣情を煽らずしてどうする。私に世継ぎを与えぬつもりか」

目元を和らげながら、優しい手つきであやされる。

「見せなさい。恥ずかしがらずに。……アマリエの身体がどんなに美しいかを教えてあげよう」

囁かれても、長年、劣等感の元であったものだ。そうやすやすと聞き入れられない。

小さく頭を振り、引《ひ》き剥《は》がされまいとさらに抱きつく。

「ヴェンツェル様は、ご自分が、服を着ていらっしゃるから、恥ずかしくないので……！　痛っ！」

幼子の動きでだだを捏《こ》ね、軍服を飾っていた勲章の先で、肌をひっかいてしまう。

ちりりとした痛みに顔をしかめると、真顔になったヴェンツェルに身体が引き剥がされた。

「……なんてことを。こんなことで肌を傷をつけて」

傷と言うにはあまりにもささいな赤い線が、胸の膨らみに一筋見える。

ヴェンツェルは息を詰め、ささやかなひっかき傷とともに乳房を辿り見る。

「見ないで……ください。本当に」

卑猥だと思われ、その失望の表情を見たくなくて目を閉ざす。

あまりにまぶたに力を込めすぎたためか、目の端に涙が溜《た》まる。

そんなアマリエの手を首にかけさせ、二人の間に距離をとったヴェンツェルが、かすれ低い声で告げた。

「……少し、そうしていなさい」

感情を抑えた口調に肩をびくつかせ、でも動けずにいると、さらさらと布ずれの音がする。

わずかに手を浮かされ、次に下ろされた時には、布ではなく、滑らかで温かい感触が素肌に伝わる。

「ほら、同じだ。……目を開けてごらん」

甘い、けれど拒絶を許さない強い声に促され、そっとまぶたを持ち上げる。

「あ……」

感嘆とも吐息ともとれないものが口から漏れ、目を大きくしていた。

アマリエはただただ、目の前にある男の身体に視線を注ぐ。

姿勢の正しさを表すように、歪み一つなく線対称に広がる肩。

女性のものより鋭角的な線でつくられた喉から鎖骨の線や、しなやかな筋肉がついた胸。

無駄な肉なく引き締まった腰と割れた腹筋は、軍を率いる皇帝らしく、逞《たくま》しい。

力がみなぎる肉体を覆う肌は、不思議なほど艶めき滑らかだ。

大理石でできた彫像のように陰影がしっかりとし、どこまでも均整が取れている男の身体を目でなぞっていると、脇腹に引き連れた大きな傷が見えた。

はっ、と声を呑み顔を上げた途端、微苦笑を見せるヴェンツェルと視線が合う。

「先の戦争で負傷し、そのまま残った。……醜い傷だろう。完璧であるべき皇帝に似つかわしくない」

「そんなことは！」

考えるより早く否定する。

傷があるから完璧な肉体ではない、皇帝らしくないと言うのは愚かだ。

「この国を守るために負われた傷を、……醜いだなんて」

おのずと手を伸ばし傷に触れる。

びくっと腹筋が震えたのに指を引いてしまうが、それは一瞬だ。

指先からヴェンツェルの体温が伝わり、肌になじんでいく。

同時に、胸に震えるほどの感動が押し寄せる。

痛かっただろう。悔しかっただろう。傷を負った自分にいらだっただろう。

そして、これほど酷い怪我を負いながら、今、生きていてくれるのが嬉しい。

「傷一つで、嫌いになんて、なれません……」

「同じことだ。胸の大小で嫌うなどない」

くすぐったいのか、眉を寄せ、下腹部に力を込めながら耐えていたヴェンツェルが、そっとアマリエの手を取り、再び押し倒す。

「ほら、傷も、胸も見せてごらん。……痛みを忘れさせてあげよう」

左右の手首が頭の横で抑えられ胸を隠せなくなったが、先ほどのような拒絶感はない。

「なめらかで、形のよい豊かな胸だ」

胸元から頂点まで、触れるか触れないかの位置を保ちながら唇で辿り、ひっかいて赤く腫れた部分に吐息を吹きかけ、ヴェンツェルが続ける。

「血は出ていないな。……ああ、綺麗だ。絹や磁器より心地よく、指や唇に吸い付いてくる」

頂点にある花蕾の側、色づいた部分に唇を押し当てられ、その熱さと柔らかさに身が跳ねる。

「っ……ぁ、は……」

ふうっと強めた息で乳首をからかうと、今度は側面に頬を当て、擦りながら笑われる。

「柔らかく、温かく、癒やされる。帝国に望まれる皇子たちを育て慈しむのに相応しい胸だ。……か」

母親に甘えるように顔を擦り付けていたヴェンツェルは、そこで言葉をとぎれさせ、意図的に上目でアマリエを見つめ淫靡に笑う。

「私を煽り、飢えさせ、……この上なく魅惑する」

言うなり、両方の淫蕾を摘ままれた。

稲妻に打たれたような刺激が胸を襲い、淫らな疼きは、すぐさま手足の先まで広がる。

「これを愛でるなと？　残酷なことを言うな。……夫となる私にこそ許される悦楽なのに」

アマリエに否と言わせまいと、ヴェンツェルは手指を流れるように動かし翻弄してきた。

「んあっ……あ、……あ！　は……！」

尖端を親指と人差し指で挟んだまま、根元から先までしごかれるたびに、乳房がじんとした痺れに包まれ、張り詰めていく。

甘苦しいものが喉の奥から胸の奥、そして腰の奥に溜まっていく。

こんな風に身体が敏感に変化したことなんてない。

切ない、心地よい、幾つもの感想が浮かぶも、口にする頃には、ただの嬌声《きょうせい》に変わってしまう。

「ああ……や、あ……胸の……先、どうして……いじる、のぉ……ぁ」

やるせない震えに背を反らし、両脇に下ろした手でシーツもドレスも一緒くたに掴み訴える。

身体をくねらせ、かかとでシーツを蹴るうちにほどけたのか、ドレスはもう身体を覆っておらず、アマリエの尻の下でくしゃくしゃになっていた。

アマリエの反応こそが正解だと言う風に、ヴェンツェルは艶めいた眼差しを向けてきた。

「もっと、感じるがいい。……もっとだ」

そう言って急《せ》き立て、手も指も、口も使ってアマリエの未成熟の肌に快感を刻みだす。

両方の胸の先を指で弄ばれ、肌を甘噛みされ、濡れた舌が、つぅっと喉から胸の間をなぞる。

何度も繰り返されているのに、力の強弱や、擦り上げる間隔に変化がつけられるため、決して刺激に慣れることはない。

込める圧の違いでこれほどに感じ方が変わるのだと、頭ではなく身体に教え込まれ、アマリエはただただ望まれるままに甘く啼《な》く。

「ひああ、あ……や、やあ……ん、ふ」

残る指で乳房を柔らかく揉《も》み込《こ》まれ、汗ばむほどに肌が熱を持つ。

かと思えば大胆に尖端ごと胸を口に含み、ちゅばちゅばとはしたない音を立てて吸い上げられる。

逃れようと身をくねらせても追いすがられ、おしおきとばかりに耳朶《じだ》をねぶられるのだからたまらない。

胸の時や口づけの時より、一層淫らで生々しい水音が耳孔に響く。

脳が卑猥さで揺さぶられ、抑制や理性の鍵がたたき壊されていくのがわかる。

はあっ、はあっと呼吸が急《せ》いていく。

胸が苦しい。切なくて、切なくて、どうしようもない。

丹念にいじられた胸先は、ヴェンツェルの指紋までわかりそうなほど敏感に研ぎ澄まされ、これ以上ないほど勃ち上がっていた。

絞り出された乳房の上で膨らむ蕾は色づき、男の唾液に濡れ、ひどく扇情的な様相を呈している。

「素直な身体だ。もうこんなに硬く尖り、私に応える」

濡れた先に爪をたて、かりりとくぼみを抉《えぐ》られる。

指腹でいじられるのとは比べものにならない、強い愉悦が走った。

「ふあっ……っ、あっ……、それ、駄目、や……、変に、なるの」

びくびくと身体をのたうたせ、必死になって訴える。

胸が淫らに膨らみだすと、呼応するように下肢に変化が現れた。

腹奥が煮えたぎるほど熱くなり、内部から粘性の高いものがにじみだす。

そそうをしたかと脚をすり寄せると、秘処を覆う下着が、ぬる、ぬると肌を滑る。

脚の間に力を込めてごまかそうとすればするほど、その場所を意識してしまい、もう布が触れているだけでもたまらない。

やがて香水とは違う、甘く濃蜜な香りが空気に漂いだす。

未経験でも、それがとてつもなくはしたなく、淫らな反応だというのは本能でわかる。

恥ずかしくて、自分の身体なのに思うままにできないのが怖くて、身を竦め、ぎゅっと目を閉ざしていると、胸を揉み震わせていた男の手がするりと滑りへその下でとどまった。

「ああ。こちらでも感じ始めたか」

「っ……！」

制御するより早く身体が大きく跳ね、つい肘をついて上半身を起こす。

「ヴェンツェル、様……は、あ……っ」

下腹部を手の平で押すように撫で回し、時折、からかうように指が下生えの茂みを梳かれていく。

緩やかな動きに変化した愛撫に身を委ねながら、上がっていた息を整える。

髪はほどけ、素肌に纏うものはダイヤモンドのネックレスと下穿きのみ。

だがその下穿きも、いたわるように下腹部を撫でる男の指先で乱され、ついにするりと脇のリボンがほどけてしまう。

「あっ……」

ぐうっと太股に力を込める。横に膝を突いたヴェンツェルを盗み見ると、彼は咎めるでもなく、愛おしそうにアマリエの腹を――いずれ子が宿る場所を見つめていた。

固く閉ざされている乙女の秘処を無理にこじ開けようとせず、ただただ、焦《じ》れったいほど緩やかに慈しみながら、その部分を撫で回す。

（ああ……）

恋する人が触れている。私に恋して触れているという実感が、唐突にアマリエの中に湧き上がった。

（この人は、私を傷つけない。この人は、私に乱暴はしない）

約束するように、男の手がするすると肌を撫でる。

胸に施された指戯で感じた淫らな痺れとは異なる悦が、じわっと身体を包み込む。

とろみを帯びた蜜の湯船に沈められたみたいに、四肢どころか心がほわりと温まる。

未知の感覚におびえていた気持ちがほぐれる。

この男にすべてを委ねても大丈夫だと理解した身体が、おのずとほころび開く。

緊張に張り詰めていた脚から力が抜けた。

ヴェンツェルはアマリエの背中を支えながら、額に優しく口づける。

よくやったと言いたげな優しい眼差しを向け、額から頬へとキスの雨を降らせていく。

甘く、無邪気な口づけに応え、アマリエもまた男の身体に唇を当てる。

驚くほど高い体温に、鋼のようでいてしなやかな筋肉の感触。

汗ばんだ肌から、彼が好む松とジュニパーの気高く男らしい香水の匂いが漂うと、まるで身体ごと森に包まれたような気持ちになれる。

一度ほどけた愛撫を最初からやり直そうとでも言うのか、また口づけから丁寧に身体を辿られる。

けれど一度快楽を知った身体は、驚くほど早く反応しだす。

さらさらと肌をかすっていく黒髪の毛先が与えるくすぐったさも、すぐもどかしい疼きに変わった。

壊れ物のように丁寧に身体を横たえられ、あっ、と思った時には素早く両脚が開かれ、膝の間に男の腰を挟んでいた。

「は……ぁ」

目を細め、そろそろと息を出したのに、語尾が甘く蕩けている。

「可愛いな」

くすりと笑い告げると、ヴェンツェルは太股に顔を寄せて頬ずりする。

子どものように無心に、柔らかい肌の感触を楽しみながらも、欲望を秘めた目で再び女の身体を鑑賞しだす。

「……っ、は」

顎から喉元までの線、あられもなく勃ち上がった胸の蕾。

滑らかに隆起する腹と、その真ん中にある小さなくぼみを眺め回し、やがて視線は髪より色の濃い朱金色の茂みを抜けて、太腿《ふともも》の間でとどまる。

目で犯されるとはこういうことなのだと、喘ぎながら理解する。

男の視線が辿った後が灼《や》け付き、びりびりと緊張する。

毛穴が開くのまでわかるほど、肌が敏感に研ぎ澄まされていく。

ヴェンツェルは脚の裏に両手を通し、そのまま女の細腰を掴むと、唐突に身体を上げ起こす。

「きゃっ……！」

小さく悲鳴を上げる間に、腰がどんどん浮かされて、アマリエは肩と肘で身体を支え、腰と脚だけを宙に浮かす形にさせられる。

とんでもない姿勢に目を剥いている前で、ヴェンツェルが意味深な流し目を見せ、ふうっ、と合わせ目に息をかけた。

「ひゃうっ、あっ、や……んっ！」

肩に担《かつ》がれた脚が跳ねる。

熱風のような男の息が秘裂にかかるごとに、濡れだした花弁が淫らに震えた。

うずうずとするものが、脚の間から腰の奥へと何度も走る。

その度に、宙に浮いたつま先がきゅ、きゅっと丸まり、ほどける。

吐息でくすぐられているだけなのに、奥がひくひくと蠢きだすのがわかる。

同時に、胸の奥でやるせない切なさが大きく育つ。

「やっ、や……や、もう、息は……無理……」

もどかしさから降参のうめきを漏らすと、ぐいっと腰を引かれ、更に脚が掲げられた。

そのまま左右に広げられ、乳房の横に膝が来るよう腕で押さえ付けられてしまう。

「えっ……、あっ……！　そん、なっ……」

ぱっくりと股間を割られ、恥ずかしさで頭が上《のぼ》せた。

秘められた場所をこれほどあられもなく暴かれ、心臓が飛び出しそうに跳ね回る。

まともな言葉もだせないまま、いやいやと小さく首を振るのに、相手は素知らぬふりをして胸に顔を寄せた。

そうして残った手を下肢へと這わせ、ほころびだしていた秘裂を人差し指と中指で押し拓《ひら》く。

「あぁっ……！」

くちゅりとした濡れ音が淫猥《いんわい》に響き、アマリエは身をのたうたす。

押さえられた下肢ではたいした動きにはならず、ただ悪戯に、朱とも金ともつかない――夜明けの太陽に似た色の髪を、敷布の上に散らすだけとなる。

それがどれほど男にとって扇情的で、美しい光景に見えるのかなど、もはやわからない。

粘着質な音の意味するものがなにか、身体に起こっている変化はなにか、ここへ来てようやくアマリエは理解する。

感じている。男の指に快感を覚え、誘う蜜を滴らせている。

なんて淫らで、生々しい――。

女として快楽を知ることに唇をわななかせ、目を潤ませるが、今更後戻りできないのもよくわかっていた。

「そう不安そうな顔をするな」

「え？」

花弁をなぞり、指先に淫滴をまといつかせていたヴェンツェルが、喉をひくつかせるアマリエに伝えた。

「感じることを恐れるな。ただ、与える悦を存分に味わえ」

「ですが、はしたなくは……」

「感じてくれなければ困る。痛がらせるようなやり方はしたくない」

言うなり、秘裂に己の唇を重ね、じっとりと舌でなぞりだす。

「ひあっ……！　い……そんな、処を……舐め……ないでぇっ……ッ」

悲鳴じみた嬌声を上げてみても、男の愛撫は止まらない。

薔薇から花弁を剥《は》ぐように、器用に舌先を狭間に入れ、少しずつ濡らしくつろげていく。

痛みとも痺れともつかぬものが、蜜路の入口にわだかまり、ひくりひくりと淫唇を震えさす。

妖しい感覚に翻弄され、意識をそこへ奪われていくのが怖くて膝から先をばたつかせていると、こら、と囁かれ、秘裂の上を堅くした舌で弾《はじ》かれた。

「んあっ……！」

今までで一番鋭い快感に穿《うが》たれ、思わず首をのけぞらす。

弾みで乳房がふるふると震えるが、そんなことに構っていられなかった。

アマリエの過激な反応に気をよくしてか、一番感じる場所を——さやにくるまれた淫芯が埋もれる場所へと吸い付かれてしまう。

「ひ、……ぃ……いぃ、ん！」

ちゅぷちゅぷと音を立てながら吸い上げられ、包皮を唇に挟んだまま舌で絶え間なくしごかれる。

絶え間なく嬌声を放つ。

淫らな声が二人だけの寝室に散っては弾け、空気を濃密なものに変えていく。

たっぷりとしゃぶられた淫皮はふやけ、男の舌先がくるりとなぞるだけで簡単に剥けてしまう。

「ああっ……！　あん、あ……んぅっ」

守りをなくした媚芯は神経の塊だった。

濡れた舌先がそこをかすめるだけで、ばねじみた動きで腰が跳ね動く。

びくびくと震え、悶《もだ》えながら、与えられる悦楽に身も心も陶酔しだす。

頭の中に手を突っ込んでかき回されるに似た感覚だ。強烈で思考がまるで纏まらない。

口を大きく開き、舌さえも突き出しながら必死で息を継ぐ。

そうして気を保とうとしてもまるで無駄で、徐々に脳髄が白く焼け付いていく。

「ひああっ……！　あ、あ……！」

尾を引く悲鳴を上げたとたん、頭の中で閃光《せんこう》が弾けた。

肩と言わず、脚と言わず、ぶるぶると震え、張り詰め、次の瞬間がくりと脱力する。

「達ったか……」

口淫を解き、蜜をひとしきりすすり上げ、男が低い声でつぶやく。

とろんとした眼差しを向ければ、脚を押える手がゆっくりと離れる。

「あ……」

先ほどまでそこにあった重みとぬくもりが離れていくのに、どうしようもない寂しさを覚える。

これで終わりなのかと思っていれば、かかとをシーツに付けたまま、膝が大きく拓かれた。

秘裂を抑えていた指が思わせぶりに淫花をなぞり、次の瞬間、内部へ突き立てられる。

男の長く骨張った指が、なんの抵抗もなく隘路《あいろ》に沈む。

痛みや違和感もなかったのに、中に、自分のものでないなにかがあると明瞭にわかる。

「きついな。だが……ここは、もう蕩けだしている」

ほくそ笑みながら、ヴェンツェルは異物に驚き、ぎゅうぎゅう絞める蜜筒に人差し指を埋めきり、からかい混じりに指先を揺らす。

「はうっ……ッ」

へそからやや下った場所をくすぐられ、喜悦のさざ波が背筋を走る。

曖昧だった官能の形が、内部を探られるごとにはっきりとしだす。

くるり、くるりと隘路に螺旋《らせん》を描きながら指を引き抜き、一拍おいて、逆周りで含まされる。

そうやって内部が丹念に拓かれていくにつれ、硬く未熟だった蜜壺が蕩けていく。

指の動きにあわせて呼吸をすると楽になると気づき、そうしていると、拒む一方だった肉襞が柔らかく膨らみながら男の指を受け入れ始めた。

まるで、従順となることで男の支配欲を高め、その先にある至上の快楽を望むように。

「っ……」

緩急をつけ、内部がひくつきだすと同時にヴェンツェルが喉でうめく。

半分閉じかけていたまぶたを持ち上げれば、目を細め、額に汗を浮かべながら、慎重に女の身体に自身を教え導こうとする、男の真摯で誠実な眼差しがあった。

大切にされている。その実感を得た途端、内部が淫らにくねり指を奥処《おく》へと誘おうとする。

敏感に変化を察知した指が、蜜路の中でも特に熱く、柔らかく膨れる場所を静かに揺らす。

「ふああっ……ああっ！」

重苦しい快感に全身が震えた。肉体の外側だけでなく、内部までもがその部分に与えられた刺激を悦《よろこ》び、びくびくと痙攣《けいれん》する。

「もう二、三度、達っておけ」

この上なく甘い声色で傲慢に命じ、ヴェンツェルは声を奪うように深く口づけた。

「んんっ……！　んーっ！　むぅう……ぁ、は」

舌を絡め、声を奪い、息を重ねつつ、指は容赦なく濡襞を掻《か》きまぜる。

ぐちゅぐちゅ、ぬちゅぬちゅとはしたない水音が上からも下からも絶え間なく響くが、もうろうとした意識では恥ずかしがることすらできない。

許され、望めることと言えば、男にひたすらしがみついて啼くことぐらいだ。

敏感な粘膜をいじられ、乱されるままに身悶《みもだ》える。

細く長い悲鳴で快楽を歌いながら、愛する男の手で感じることを、貪欲に覚え込んでいく。

気が遠くなるほど何度も絶頂へ押し上げられ、腰をくゆらせ逃げようにも、すぐ追いすがられ、甘い責め苦でいじめられる。

耐えられない愉悦に翻弄され、すがりつく力さえ失いシーツの波間に身を落とせば、ようやくとった体で指が引き抜かれた。

含むものを失った蜜洞が物欲しげに疼き、蜜を滴らす。

だが、長い間ではなかった。

たじろぐ間すら与えずに、硬く昂ぶった男根が当てられ、それと感じさせぬまま素早く奥処まで貫き、処女の花を散らされる。

はあっ、と鋭く息を吐いた。痛みなどまるで感じなかった。

圧倒的な質量を持つもので穿たれた衝撃と、尋常ではない幸福感に満たされる。

柔襞が屹立《きつりつ》に寄り添い蠕動《ぜんどう》するにつれ、充足感が胸に込み上げた。

煮え蕩けきった蜜窟より熱い灼熱がびくびくと震えれば、応えるように内部が濡れ締め付ける。

「……っあ……くぅ……ん」

後頭部をベッドに押しつけ、喉を精一杯そらし、甘い鼻声を漏らす。

「痛いか」

気遣う声に、ふるふると頭を振ることで応じ、好き、と唇を震わせた。

息を呑み、歯を食いしばる気配がし、内部に含む雄根がはちきれんばかりに大きく膨らむ。

「あ……ぅ、大き……い」

これ以上は無理だと告げるように、隘路がぎゅうっとそれを絞り上げる。

いやらしく、ねっとりとした女体の抵抗に煽られ、男はすぐさま腰を動かす。

「んうっ……っ、ふ、あ……ぁん」

長大なものがずるりと抜かれる感触に声を上げると、すぐさま奥処へと押し込まれる。

とんっ、と蜜路の底をつつかれれば、それだけで気が遠くなった。

時間をかけ、試すように数度、肉竿を前後させてから、ヴェンツェルは本格的に腰を使いだす。

嵩高《かさだか》の部分で濡襞をこそぐようにして引き抜き、奥深くに差し入れる。

かとおもえば、指で感じさせた部分を丸い先でこね回す。

翻弄される精神とは裏腹に、媚肉は本能のままに屹立を舐めしゃぶり、男の吐精を一途《いちず》にねだる。

まだぎこちなさや、熟しきれない部分はあったが、慣れきれない反応の初々しさをねだるように、結合は強さとともに深まり、振動は新たな恍惚《こうこつ》に変わる。

もうどうにもならない。

穿たれる衝撃に息を止め、敏感な粘膜を刺激されるごとに上り詰めた。

絶頂の階は昇るほどに高くなり、求めるほどに足りなくて、満たされるほどに満たしたい。

同じように感じているのか、初めての身体を気遣い、抑制した動きをしていたヴェンツェルが、あっとうめき、指が肉に沈むほど腰を掴み寄せる。

雄が雌を望む本能のまま、みなぎる力のままに腰が振られる。

「も……駄目、奥処……おかしく、なるぅっ！」

激しい愉悦に悲鳴を上げても、まるで許してもらえない。

猛りきった欲望のままに膣肉を突き上げ、ほとばしる蜜ごと掻き混ぜられる。

「まだ、だ……。もっと、もっと……長く、深く……お前が、欲しい」

禁欲的に抑え付けていた激情を、アマリエへの思いを伝えるように、ヴェンツェルは激しく求める。

がつがつとした直情的な動きは、技巧的な快楽とはまた違うやり方で女体を讃え、喜ばす。

互いに理性など吹き飛んでいた。男は蹂躙し、女は貪った。

陰部どころか腰が密着し、下腹部を覆う茂みが擦れ合い、淫核を刺激するのに気を飛ばす。

間を置かずして子宮口を押し捏ねられ、その刺激で引き戻される。

現実と悦楽の間を二人で行き来し、がくがくと揺れる腰が鈍い痛みを覚えだした頃、中を灼く剛直がぐうっと跳ねた。

「や……来る……ぅ……」

「受け取れ、私のなにもかもを。そして、私に与えろ」

雄叫《おたけ》びを上げ、腰を大きく前に降り出された瞬間、尖端が子宮の口に密着した。

時間が止まり、数秒の静寂とともに緊張が訪れ、張り詰めた身体は次の瞬間、同時に弾ける。

びゅるびゅるという生々しい音さえ聞こえそうなほど、男根から大量の白濁が吐き出され、勢いと圧をもって内部を穿つ。

「あ、あ、あっ……あああ！」

吐精の勢いに合わせ声を放ちながら、アマリエは気を飛ばす。

結合部から滴るほどに呑まされ、恍惚としながら脱力した身体に、愛する男が被さり、かき抱く。

――離さない。二度と、離さない。

うわごとのように繰り返す声が夢だったのか、現実なのか……アマリエには、もうわからなかった。

第五章　溺愛～恋うるままに求める日々～

宮殿を囲む緑の森が、鮮やかに若葉を茂らせている。

手前に広がる庭園では、グリューネブルン――緑の泉――という、宮殿の名の元になった大噴水が、夏の光で飛沫《しぶき》を輝かす。

噴水は大理石でできた神々などの像で飾られている。

中心には、建国の英雄にして初代皇帝ジークフリートが馬で竜を蹴散らす姿があり、躍動感に溢れる威容で散策する人々を圧倒している。

本物と見紛《みまが》うばかりの迫力に満ちた大理石像たちが、雫に濡れ、艶やめくのをぼんやりと眺めていると、お茶の相手であるメルゼブルグ伯爵夫人が楽しげに話を締めくくった。

「ですから、是非ともアマリエ様に、当家の舞踏会に参加いただきたくて」

散りかけていた気をあわてて相手へ戻す。

「お言葉はありがたいのですが、私は……」

「まあ！　……そりゃあね、花嫁修業でお忙しいのは存じております。ですが皇后は国の第一貴婦人。戴冠してしまえば、そうそう自由に動けなくなってしまいますわ。それまでに、同じ年頃の人たちと縁を結んでおくのも大切なことかと」

理解を促すように、あえてそこで間を置きながら、メルゼブルグ伯爵夫人がお茶へ口をつける。

——伯爵夫人が言いたいことはわかるし、なるほどとも思える。けれど。

「あの……。まだ、皇后と決まった訳では」

皇帝の婚約者ではあるが、正式に皇后と決定された訳ではない。

アマリエが控えめに指摘すると、相手はしたり顔で首を傾《かし》げた。

「ですが時間の問題でございましょう？　皇帝陛下のアマリエ様に対する寵愛ぶりを知らぬ者はおりません」

男女の関係にあることを知っている。そうほのめかすメルゼブルグ伯爵夫人の微笑みに、アマリエは頬を赤らめ、一年で最も短い夏至の夜に、ヴェンツェルと結ばれたことを思い出していた。


素肌を滑るシーツの心地よさを、まどろみの中で味わう。

なに一つ身体を締め付けるもののない開放感と、気怠《けだる》い媚熱にぼんやりしながら寝返りを打つ。

さらさらと肩を滑る髪や、洗いたての布の香りを吸い込みながら目を覚ますと、知らないベッドに眠っていた。

金で縁取られた群青の布が下がる天蓋は、見慣れないものだ。

ベッド自体の大きさも、四柱に施された彫刻の豪華さもまるで知らないもので、あわてて飛び起き、アマリエは胸に散る赤い鬱血の痕に目を丸くする。

「きゃっ……！」

小さく悲鳴を上げ、あわててベッドを囲む垂れ布を払うと、窓から入る白い光。

（寝過ごした……！）

前日の舞踏会で疲れただけでなく、ヴェンツェルと一つになってはほどけ、更に繋がり、絶え間なく夜明けまで求め合った記憶が一斉によみがえる。

赤くなっていいのか、青くなっていいのかわからずおろおろする中、幼い頃から見知っている侍女のエッダが姿を現す。

「まあ、姫様、お目覚めになりましたか」

いそいそとやってこられても、この恥ずかしい姿を見せるのには抵抗がある。

男と女として契ってしまった。皇后戴冠式まで、予定されていた初夜まで半年もあるのに。

嬉しいやら困るやらで首を左右に振っていると、アマリエ付きの侍女たちが慣れた仕草で垂れ幕を開き、天蓋を支える柱に寄せ留める。

そうして、全員が晴れやかな笑顔を見せながら整列し、おめでとうございますと頭を下げた。

開いた口が塞がらない。こういった場合にどういうふうに答えればいいかなんて、皇后教育の本にはなにも書いていなかった。

陸に打ち上げられた魚みたいに、口をぱくぱくさせていると、彼女らはアマリエが全裸であることも、情事の名残を肌に刻んでいることも指摘せず、当たり前のように下着を着せかけ、湯へ導く。

「これは、どういう、ここは……」

なに不自由なく世話されながら、まずは状況を理解しようと質問すれば、エッダが微笑み、身体を洗っていた侍女が「まあ、嫌ですわ」と楽しげに応えた。

「皇帝陛下の私室に決まっているではありませんか」

「朝早くに、陛下自らが私たちへ伝えに来られたのです。……部屋で妻が寝ているので、好きなだけ休ませてやれ。そして目覚めたらいつも通りに世話を頼むと」

寝坊したことをぼそぼそと謝ると、侍女たちは顔を見合わせ、「その間、美味《おい》しいお菓子や果実水でねぎらっていただけました」と嬉しそうに含み笑いする。

「でも、でも……。ふしだらだとか」

閨《ねや》ごとを他に知られてはまずいのでは、と硬くなりつつエッダに尋ねると、彼女はたっぷりと肉のついた顎に指を当て。

「そうですわねえ。……姫さまの兄君、ラウエンブルグ公爵さまは、少しばかり怒られるかもしれませんが、まあ、いずれこうなるとわかっておられたでしょうし」

「い、いずれって……」

「婚約が成立し、陛下の宮殿で暮らされているのですから、事実婚であっても問題はないかと。……というか、やっとかと私は思っております。皇帝陛下の心が定まった証明ですから」

着替えさせられおたつく中、きっぱりと断言される。

駄目押しに伝えられたのが。

「今日から三日ばかりは、会議や賓客の相手があるため夜を共に過ごせぬが、その間に、アマリエ様のお部屋を隣室へ移動させよとも仰せでした」

一歩も引かない迫力で迫られ思い知る。

あれは二人だけの秘め事だと思い込んで寝ている間に、ヴェンツェルは既成事実を隠さないどころか、今後もそうすると周囲に明言して見せたのだ。

開かれた隣室に、どんどん自分の荷物が運ばれるのを呆然と眺めつつ、早すぎる展開について行けぬまま一日は終わる。

それからはもう、説明するまでもない。

公務である視察や、外交や政策上断れぬ狩りなどで帝都を離れる日を除き、毎晩のように求められ、十日もかからず、アマリエの身も心も皇帝のものだと、宮廷中に知れ渡った。

「ええ、ええ。……もちろん、皇后決定の儀はまだ先。ですが、最初からアマリエ様に内定しておりましたでしょう？」

にこにこと上機嫌に、メルゼブルグ伯爵夫人が続ける。

「そうなのですが、ええと」

「遠慮される必要などございません。……そりゃあねえ、確かに、一時期は、別の方が皇后になるのではと、心ない噂が広まったことはございますよ？」

四十も半ばだと言うのに、まるで年齢を感じさせず、どころか艶めいた魅力を漂わせながら、メルゼブルグ伯爵夫人は困ったわねえという風に頬を指で押さえた。

聞くまでもない。皇女イリーヤのことだ。

イリーヤとアマリエ、どちらを新皇后として支持するかという話題に対し中立でいた者も、皇帝がアマリエの部屋を自室の隣に移すよう命令したとあっては、もうごまかせない。

皇帝の私室と扉一枚でしか隔てられていない部屋は、妻の中でも最も寵愛される女性のものとされており、そこに住まえば当然、皇帝ヴェンツェルのお手つきと見なされる。

今までは後ろ盾の面でイリーヤに劣っていたアマリエだが、こうなると話はまるで違う。

いつ破棄されてもわからない婚約者だったのが、事実上であれ妻と定められたのだ。

権力者におもねり、便宜を図ってもらおうとする貴族は、我先にとアマリエのことを賞賛するし、権力に興味のない、実力を重んじる老臣たちの間でも、アマリエの評判は急激に上がっていた。

磁器工房を設立する案をアマリエが出したことで、続く財政難を打開する目処《めど》がついた。

のみならず、その工房で作られた花細工で身を飾り、生きる広告塔として舞踏会に現れ、国内外に流行《はや》らせたからだ。

偶然の産物と、過去を知る奇跡ゆえのこと。自分の手柄ではない。

アマリエ自身はそう考え、控えめに話題を逸らすのだが、それが返って、手柄を奢らぬ慎ましい態度だと感心されてしまう始末。

恋する人が皇帝だった。その人が死と滅びの未来を辿ると知り、助けたい一心でしたことなのに。

カップを両手に包み、紅茶を冷ますそぶりで溜息をつく。

「心ない噂でもないと思います。以前の私には、至らぬところもありましたし」

アマリエを賛美するため、相対的にイリーヤの評価を貶《おとし》めるのは違う気がして、そう口にする。

（なにもせず、嘆き悲しみ、自分が悪いと殻に閉じこもっていた前の人生では、イリーヤ様が皇后に選ばれていたわ……）

目を伏せがちにしたまま思う。

「皇帝陛下をお慕いしているだけの方を、悪く評されるのはいかがかと」

あえて名前を出さず、けれど、イリーヤを悪く言うことに抵抗がある意を示すと、メルゼブルグ伯爵夫人は鼻の頭に少しだけしわを寄せた。

「あら？　そうですかしらね。……あたくしの友人に、北のルーシ帝国に外交大使として駐在したことのある夫妻がいて、その方から話をお聞きしたのですけれど、あちらの国では、恋敵の衣装部屋に黒猫を放つのが流儀だとか」

ぎくりとして目を大きく開ける。

すると、メルゼブルグ伯爵夫人は「ええ」と口だけで肯定する。

――そうか。もう、そんなことまで知られているのか。噂の早さに恐れ入る。

アマリエの衣装を駄目にした猫がどこから送られて来たのか、調べてもまるでわからなかった。

イリーヤが疑わしいとの声もあったが、賓客扱いで滞在している皇女を、証拠もなしに取り調べるのは外交上都合が悪い。

当の本人であるイリーヤも、相変わらず無邪気にアマリエ様、アマリエ様と慕ってくる。

犯人がわからない決まりの悪さを無理に呑み込み、「きっと、イリーヤを皇后にしたい誰かが、自分を失脚させようとしたのだ」ということで気持ちを納得させ、侍女たちにも口止めしたのだが。

「黒い猫などどこにもいます。騒ぐほどのことでもありません」

メルゼブルグ伯爵夫人の情報網に、内心で舌を巻きながらにっこりと笑う。

「ずいぶんと、心がお強くなられましたね。……以前は皇后教育官のヴィクラー女史に震えていましたのに」

あたくし、あの方は嫌いですの。とあけすけに言われ、同調も否定もできず眉を引き下げた。

ヴィクラー女史の皇后教育官という立場は、すっかり名ばかりになっていた。

夏至から幾日と間を置かぬ昼下がり、アマリエとお茶を愉しんでいたヴェンツェルが、後方で控えていたヴィクラー女史へ、こう告げたからだ。

『アマリエは、宮廷で行う机上の皇后教育より、公務による実践で得ることが大きいようだ。今後は、より積極的に私の側で学んでもらうのはどうだろう』と。

雑談を装っているが、裏を読めば、アマリエを皇后らしくないと否定し、重圧を掛けることで萎縮させ、皇帝である自分と距離を置くよう指導したお前が気に入らない。ということだ。

これからは自分が手元で庇護する。ゆえに用済みだ。地位まで奪わぬうちにおとなしく手をひけ。と叱責しているも同然だ。

この国の最高権力者から言われれば、いかに皇后の教師と言えど、「御意」と引き下がるしかない。

唐突なヴェンツェルの命令に戸惑ったアマリエだが、お茶の後に執務室に呼ばれ、束となった報告書を突き出され納得する。

規則を振りかざし厳しく当たりすぎる。

アマリエに対し、皇帝の権威や、皇后あるべき論を口にし、叱責する頻度が尋常ではない。

外部から招かれる学者らや、侍女たちから聞き取りされたヴィクラー女史の指導内容と、それを疑問視する文に目を通した後では、もう口を挟めなかった。

——知識も大切だが、それが私を皇帝として神聖化させ、距離を取らせるものなら必要ない。

常にない厳しい顔で告げられ、自分が思っていたより皇后としての体面におびえ、ヴェンツェルを避け、そうすることで彼に誤解させていたのだと気づく。

即日、帝都の大学から教授が呼ばれ、口頭試験で、「アマリエの学識や教養は、皇后としてなんの問題もなし」とのお墨付きを得た。

それからと言うもの、ヴィクラー女史とは、たまに廊下で顔を合わせ、互いに無言で会釈するぐらいの接点しかない。

あまりにも見ないので、どうしているのかと周囲に様子を尋ねると、宮廷の片隅にある図書館で、人目を避けるようにして読書ばかりしているとか。

それをアマリエに教え、凋落《ちょうらく》と笑った令嬢から用心深く距離を取ることに決め、それきりだが。

最後に挨拶に来た時、彼女がつぶやいた一言が妙に気になっている。

——私は、乗る船を間違ってしまったようですね。と。

（あれは、どういう意味だったのだろう……）

言葉通りなら、アマリエへの指導方法を間違ったことを悔やんでいる。と取れるが、そう言い切るにはあまりに彼女は疲弊していた。

「アマリエ様？」

「いえ……。知識があっても、心を強く持ち、前に進もうという気概がなければ、なんの力にもなれないのだと、しみじみと思い浸っていただけです」

鳥の高い鳴き声につられ、視線を庭園へやる。すると、メルゼブルグ伯爵夫人も同じ方を見る。

「ああ、確かにそうですわね。……夏至舞踏会のアマリエ様は、見事にそれを体現なさいました。まるで、初代皇帝ジークフリートを支え続けた聖女のよう」

つと指を噴水に差し向けられる。

馬の上から槍《やり》をかざす英雄の下に、牙を剥き出しにして吠《ほ》える、禍々《まがまが》しい竜がいる。

そして竜の牙から英雄を守るように身を投げ出す乙女――聖女アマリエの姿があった。

「……あ」

目の奥がちかっと痛み、光が脳に突き刺さる。

呼吸を乱すほど強烈な既視感に襲われ、アマリエは自分の胸元を押さえていた。

東西南北に分かれ、いがみ争っていた君主達――四大公爵家の先祖らをまとめ、国に害悪をまき散らす邪竜を滅ぼし、初代皇帝となった英雄ジークフリート。

いと高き巫女《みこ》として、いにしえの神殿に眠る竜殺しの聖槍を彼に与え、最後は愛する英雄の身代わりとなり、竜から呪いを受け、殉死した聖女アマリエ。

その二つが、どうにも心に引っかかる。

（なぜ？　国民なら誰でも知っている、建国を美化したおとぎ話なのに……？）

ジークフリートが本当に竜と戦ったかどうかは不明だが、科学が発展した昨今では、それは自然災害だとか疫病だったのではと、考える向きが多い。

聖女アマリエに至っては、巫女などではなく、鍛冶師と治療師を親にもつ幼なじみの娘で、英雄が君主となった際、皇后には身分が低すぎるという理由で遠ざけられたのを、後日、美化してごまかしたという見方もある。

それでも人気は人気で、アマリエの名は貴族庶民を問わず、女の子の名として親しまれている。

――自分と同じ名前の聖女、どこか見たことのある顔をした英雄。

飛沫を浴びて輝く伝説たちを前に息を詰めていると、メルゼブルグ伯爵夫人がうっとりと言う。

「ああ、本当に。……あの夜の陛下とアマリエ様は、まさに初代皇帝と聖女でしたわ。ええ、ええ、皆がそう言っております。まるで女神だと」

「はあ」

気の抜けた返事をしてしまうが、メルゼブルグ伯爵夫人は構わず、膝に置いていた手提げ袋を探る。

「ですからね。是非、わが伯爵家の舞踏会でも、そのお姿を再現していただければと」

金箔《きんぱく》で飾り模様がつけられた白い封筒を出され、アマリエは反射的に両手で受け取ってしまう。

「娘たちも、とても楽しみにしておりますのよ？」

にっこりとした顔だが、押しの強い姿勢を崩さない。そんなメルゼブルグ伯爵夫人を前に、アマリエは、引きつる唇をそっと封筒で隠したのだった。


困ったことになった。

メルゼブルグ伯爵夫人は、ヴェンツェルにとって母方の叔母に当たる。

爵位としては伯爵家と高くないものの、メルゼブルグ家は四大公爵である東のバーデン公爵家と縁戚で、過去に二度、皇妃を出した名家だ。

舞踏会にアマリエ一人では参加できない。同伴者が必要だ。

アマリエの同伴者として相応しいのは、婚約者であるヴェンツェルだ。

けれど皇帝が一貴族の舞踏会に軽々しく出席など無理だ。護衛からなにから入念な支度がいる。

そうなると、実家のラウエンブルグ公国から兄弟の誰かを呼ぶか、皇弟エルンストぐらいか。

(できれば、エルンスト様は避けたい……)

以前、エルンストと二人で仕事をしていたとき、ヴェンツェルに嫉妬されたことを思い出し、頭の中から皇弟の名前を消してしまう。

(弟のヨシュカに頼もうかしら?)

ラウエンブルグ公爵である長兄ゲルハルトはともかく、弟のヨシュカは独身だ。

十六歳と幼いが、騎士の叙任を受け、来年から帝都で皇室近衛隊に入ることになっている。

花嫁捜しにはやや早いが、帝都の空気に慣れ、知人を作っておけば、こちらで暮らす時に心強いだろう。

姉のアマリエが言うのもなんだが、金髪碧眼の美少年なので、場を華やかにするのも間違いない。

（ヴェンツェル様に相談しなくては）

招待状で顔を仰ぎながら、彼がいるだろう皇帝執務室への回廊を歩く。

角を曲がって、あと少しというところで、アマリエは歩みを遅くする。なんだか騒がしい。

そっと首だけ覗《のぞ》かせれば、皇帝執務室の扉の前に人だかりができており、その真ん中で男と女が言い争っている。——いや、むしろ、女のほうが男に噛みついていた。

「どうしてですか。なぜ、わたくしに磁器工房なぞへ視察に行けなどと酷いことを仰《おつしや》るのです！」

「どこが酷いのかまったくわからない。皇女殿下は、我が国の社交文化と芸術を学ぶため、一年の遊学をされているはずだが」

子犬のように吠えかかるイリーヤに、ヴェンツェルが冷淡な声で応じている。

態度の素っ気なさから、彼がイリーヤにうんざりしていることがわかる。

「ええ、そうですわ。ですから、職人が働く工房などに足を運ぶ為ではありません！　一体全体、皇女の身分というものをどうお考えなのですか！」

パニエで大きく膨らませたドレスを蹴り捌き、イリーヤはヴェンツェルに詰め寄る。

無視して執務室に入ろうとしていたヴェンツェルが、扉の取っ手に指を触れさせたまま目を細める。

切れ長な眼を持つ彼がそうすると、ぞくっとするほどの威圧感があり、遠く隠れているアマリエまでも気迫に押されてしまう。

「私こそイリーヤ皇女殿下にお聞きしたい。……我が国を繁栄に導こうとするメイセンの磁器は、芸術品ではないと？　その工房を特別に案内されても、なんら貴女の学びにならないと？」

語気も鋭くたたみかけられ、イリーヤがぐうっと喉を鳴らす。

「じ……磁器は陽華の品。それを真似た本物ではない……、あっ！」

自分が馬鹿にされていると考え反発していたイリーヤは、失言に口を押さえた。

だが、もう遅い。

「ほう。……我が国の磁器は偽物。そういう認識ですか。ルーシ帝国の見解としては」

嫌みったらしい言い方をし、ヴェンツェルはイリーヤ個人としてではなく、皇女として国を代表する立場で、うかつな言動をしたと暗にたしなめる。

「さて。それを踏まえた上で質問だが、陽華国の磁器には金彩も花細工もない。……これについてはどうお考えで？」

イリーヤの顔がくしゃりとゆがんだ。

天使のような顔が崩れると、成長しきれない童女のわがままさばかりが目立ってしまう。

取り巻きの侍女が袖を引くが、彼女は唇を噛んだまま退こうとしない。

まずい場面に鉢合わせた。出直したほうがよさそうだ。と足をじりっと後ろに退いた時。

「仕方ない。では、視察にはアマリエに行ってもらおう。……アマリエ、共に来てくれるか」

（ど……どういう、視力をされているの！）

頭一つ抜ける長身であるとはいえ、侍女らを超え、壁に隠れているアマリエを見つけるだなんて。

諦めてすごすご前に出ると、アマリエ、と嬉しそうに名を呼ばれた。

「共に、とはどういうことです！」

アマリエの登場に顔を引きつらせ、イリーヤが叫ぶ。

するとヴェンツェルは、自ら人混みを割ってアマリエへ歩み寄り、肩を抱いた。

「当たり前だ。……賓客の皇女を一人で工房視察にやるものか。当然、案内は私が担うつもりだったが？　行きたくないというものを無理強いするのも悪い。……しかし工房では我々の視察を楽しみにしているらしいのでな。ならば別の者と行くしかないだろう」

やられた、という顔をするイリーヤの前で、ヴェンツェルはアマリエの手を取り、甲に口づける。

「頼まれてくれるか」

「……皇帝陛下の御意のままに」

膝を折り答える。

そうするしかできないとわかっていて、ヴェンツェルはアマリエもイリーヤもはめたのだ。

誠実で生真面目……と思っていたが、意外にこうした腹芸もこなせることに驚く。

では、打ち合わせをとばかりに執務室に導かれる、青ざめたイリーヤの前を通りすぎる時、舌打ちされたような気さえしてしまう。

ヴェンツェルは「面倒ごとが片付いた」とつぶやきながら、乱雑な動きでソファに腰を下ろす。

「本当に、案内されるつもりでしたか？」

これ見よがしに誘われた居心地の悪さから、唇を尖らせる。

「もちろん。……当然ながら、皇女殿下だけではなくアマリエも誘う予定であった。二人でどこかに出かけたいとしつこく誘われたが、二人きりとは言われていない」

屁理屈《へりくつ》だ。イリーヤのわがままを利用して、逆に、アマリエとの時間を確保しただなんて。

呆れながら肩をすくめれば、悪戯《いたずら》っ子めいた表情で腰を抱き寄せられる。

「やっ……陛下、っ！」

軍の将校として鍛えた男の力に抗えず、気づいた時には彼の膝上に座らせられていた。

「もう」

幼女のような扱いに頬を膨らませても、相手を上機嫌にするだけだ。

「誰かが入ってきたらどうするんですか」

「人払いはしてある。……それよりどうした。ここ最近では珍しいぞ。昼間にアマリエが私を訪ねてくるなど」

「あ、そうでした」

手に握りしめていたせいで、折り癖がついてしまった招待状を前に出し、メルゼブルグ伯爵夫人の舞踏会に関して相談する。

「陛下の叔母様かつ宮廷でも目端の利く方です。なので、ご機嫌伺いがてらに、兄か弟を呼び出席しようかと。よろしいですか？」

小首を傾げつつ返事を待っていると、ヴェンツェルの顔が苦みを帯びる。

「陛下？　あの、いけなかったでしょうか」

特に仲が悪い親戚ではなかったはずだ。

「ああ……。気に入らんな」

嫌そうに告げ、アマリエの手から招待状を取り、後ろにある執務机に放り投げる。

「舞踏会へ行くのは駄目ですか」

「そうではない。……まったく。どうして同伴者として私の名が最初に出て来ない」

「それは、陛下が行かれるとなったら、警護や儀典長の打ち合わせなど大変で……」

説明の中途で唇を奪い、ヴェンツェルはアマリエの頬をふにっと摘まみ引く。

「……馬鹿。たとえそうでも、最初は好きな男の名前を口にしてみるものだろう」

ふてくされたように目をそらしながら、頬を指先で揉み、ひねる。

「ふぇい……、陛下？」

痛くはないが話しづらい。

「まったく、アマリエは物わかりがよすぎる。それに、なんだ。その陛下は」

頬から指を離し、今度は両手で顔を包み額を合わす。

「二人きりなのに、他人行儀に陛下とばかり呼んで」

アマリエの背に手を当て、自分のほうへ引き寄せながらぼやく。

「いっそ、陛下と呼ぶことを法律で禁じてやりたい」

四角く開いた襟元に顔を寄せ、そのままアマリエの肌に頬を触れさせたまま拗ねる。

「どういう法律ですか」

唇を軽く触れさせられ、はっ、と吐息を呑みつつ反発する。

「そんなの、いけません。……親しき仲にも礼儀は必要かと」

「二人きりなのにな。……夜は、浴びるほど名を呼び、啼いてくれるんだが」

「ねっ……！　閨《ねや》ごとと今は違いますでしょうっ？　不適切です」

意味ありげな流し目に心を鷲掴《わしづか》みにされながら、理性の盾を振りかざす。

「風紀の乱れに繋がります。なの、で……」

「気にする余人などいないと言うのに。……仕方ない。お前に触れている男が誰か、ここでじっくり思い出させることにしよう」

脇と膝裏に通された腕に力がこもる。

不意に高くなった視点に驚き声を上げるが、相手は構わず部屋をよぎり、事もあろうに執務机の端にアマリエを腰掛けさせた。

「いっ、いきなりなにを……！」

天板の上に座らされたアマリエの前に立ち、上から覗くようにして、ヴェンツェルはにやっと口端を歪め、そしてドレスの襟を指で引き下げた。

たちまち、ドレスから胸の膨らみがまろびでる。

「お止めくださ、い……陛っ……か」

白い乳房が男の前に晒されている。まだ明るい午後の執務室で。

国家の聖域と言える皇帝陛下の仕事場で、無遠慮に肌を暴かれる。

その様は淫靡で、目眩《めまい》がするほど背徳感に満ちていた。

「またか。……なかなかに強情だ。この程度では応えられぬか」

耳元で囁き、鎖骨の形を舌でなぞりながら告げる。

一方で、先ほどより大胆に手をドレスの下へ潜らせ、コルセットから双丘を掬《すく》い出してしまう。

「ふ……っ、う……、や……も」

咎めたくて目を下ろしたアマリエは、すぐ口ごもり、そのまま呻く。

昨晩付けられた鬱血の痕が視界に飛び込んできて、いたたまれなさが増したからだ。

外交文書や要塞の設計図。重要で厳《いか》めしい書類を下敷きに、ドレスの裾が広がっていく。

「ンンぅっ……、ふ……も、嫌っ、です……っ!」

毎日時間をかけて感じることを覚えさせられた身体は、胸を揉まれ、先をくりくりといじられただけで、あっという間に火照り色づく。

「嫌？　そんな反応には見えないな。……ちゃんと聞いてみようか」

言うなり、ドレスの裾を摘まみ、裏地の下へ手を這わす。

夏至舞踏会からこちら、ドレスの簡素化は驚く勢いで進んでいた。

具体的には、下肢をよりすっきり見せるため、パニエを省くようになり、歩く時に脚の線が見えそうで見えないものが流行している。

今、アマリエが着ている淡い茜色《あかねいろ》のドレスもそうで、後ろ腰から臀部にかけて申し訳程度に膨らみがあるだけだ。

そのため、前から手を差し込まれると、簡単に肌へ触られてしまう。

白絹のストッキングに包まれた脚を両手で撫《な》で上げ、脚の付け根の部分を焦らすように爪で掻く。

反応したアマリエが膝を引き寄せ閉ざしかければ、たちまち足首が掴まれ、机の端につま先まで乗せられた。

「ひあっ……や、いやっ、です、こんな……」

大きく脚を開き、秘部を見せつけるような格好を取らされ、羞恥で頭が茹《ゆ》だりそうだ。

ほとんど股間が密着しそうなほど迫りのし掛かられては、膝を閉じ合わせることなんてできない。

いやいやと頭を振っていると、からかうように笑い、ヴェンツェルが下着の上から秘裂をなぞった。

「あうっ……！」

敏感な部分に加えられた一撃に、背が弓なりとなる。

「ここは、嫌がってはいないようだが」

汗とは違うもので濡れていると知らしめるように、何度も、何度も、もどかしく指が上下し、卑猥に溝を浮き立たせる。

「ほら……。なぞればなぞるほどかぐわしい蜜が溢れてくる。聞こえるだろう」

くちゅ、にちゅ、とねとついた水音がかすかに届く。

自分の身体が示す反応にいたたまれなさを覚えても、ヴェンツェルは容赦などしない。

「しっ、知りませ……あっ」

常になく暴君ぶりを発揮するヴェンツェルに抵抗したくて、意地を張って告げた途端、秘部を覆う下着を剥《は》ぎ取《と》られてしまう。

小さな布が床に投げ捨てられる。

下着の横を止めるリボンが、一拍遅れてくたりと絨毯《じゅうたん》の上に伸びた。

軽やかさなどない動きから、それが恥ずかしい液でしとどに濡れて居るのがわかる。

甘酸っぱい女の匂いが鼻孔をくすぐった。

淫猥で妖しい香りに、頭の奥がくらくらしてしまう。

「意地を張るな。甘えてすがれ。……もっと私に可愛がらせろ」

守るものもなくなった場所に、指が差し込まれた。

とっくに充溢《じゅういつ》し、うねり始めた襞の中から、感じる処をすぐ探し当てられ、執拗にこね回される。

「ふあ……っ、あ、あんっ……、やんっ」

広げられた太腿の付け根が、刺激を受けるごとにびくっびくっと痙攣する。

強弱をつけて柔襞をいじられると、オレンジを握りつぶしたように淫汁が滴りだす。

達する直前まで媚裂の奥をくすぐり、頂点を前にすると浅瀬へと引き抜かれる。

ぐちゅ、ちゅぶっと、あられもない濡れ音が執務室に響く。

もう知らないなどと言えない。わかっていても、認めるのはとてつもなく恥ずかしい。

顔を上気させ、目を潤ませたままふるふると首を振るが、それが昂ぶらせるのだと言わんばかりに、ぐい、と脚の内側を屹立で擦られてしまう。

ズボン越しでも、熱く、硬く兆しているのがわかる。

先を知る身体が悦びに打ち震え、おのずと唇がわななないた。

愉悦に溺れだすアマリエを感じ取ったのか、ヴェンツェルは脚の間のぬかるみを探る指に、掻きまぜる動きを加えていく。

いじられた部分から、更に粘性を増した蜜が滴り、男の手をくまなく濡らす。

そうやってぬるぬるになった手の平を上向け、花弁を押しひしぎ敏感な芽ごと捏ねられる。

淫らな疼きは、さらに大きな波となってアマリエを翻弄した。

「あっ……んっ……ああ、ふ……ぅ」

まだ皆が働いている時間だと言うのに、こうして淫蕩《いんとう》にふけることへの羞恥が募る。

いたたまれず、手の甲を口に当てて喘ぎをこらえようとするが、どうしても鼻声が漏れてしまう。

「くぅっ……ンン……、は、ぁ……ぅう」

加減なしの快感を注ぐ男の指から逃れたくて、身を捩《よじ》ったり、腰を泳がせたりしてみるも、先を察され、もっと苛烈に責め立てられる。

身体の奥から強い衝動がせり上がり、男が抑えた声で愉しげに笑うのが耳に届く。

「どうした？　切なそうだが」

わかっているのに。意地悪なことを言う。

絶頂の手前で放り出され、また追い詰められと繰り返され続け、身体はとっくに飢えていた。

もっと、もっと決定的なものが欲しいとあちこちが疼く。

特に隘路の反応は顕著で、もっと奥へ、もっと嬲《なぶ》ってと、口にできない淫らな願望を、うねる襞の動きに変えながら、含む指を舐めしゃぶる。

「ぁ……、ぁ……」

喉を抑え、か細い悲鳴をこぼし、目で訴えても、優しく甘い責め苦は止まらない。

感じる部分を延々といじられ、蕩けて輪郭がわからなくなるまで乱され、まともに物も考えられなくなってしまう。

「も、駄目……っ。……駄目ぇ……耐えき、れない、こんな、の」

胸が締めつけられるまま、哀れっぽい声で訴える。

「だったら上手におねだりしてみるがいい。できるだろう。ほら、名を呼んで」

「ああっ……ヴェンツェル様、ヴェンツェル様あ……」

蕩けた甘え声で愛する男の名を繰り返す。しかし、まだ欲しいものは与えられない。

「名を呼ぶだけではおねだりと言えないな。……ちゃんと、して欲しいことを言いなさい」

アマリエの痴態に昂ぶったのか、命じる声はかすれ、肌から伝わる男の熱が一気に上がる。

相手も余裕がないのだ。気づき、アマリエの鼓動が一層騒がしくなった。

ばくんばくんと心臓が脈打つごとに、体温は上昇し、気分が高揚した。

燃えたぎるほどの血が巡り、熱く潤った蜜洞が物欲しげに閉じたり開いたりする。

膨れ上がる欲望に押されるまま、アマリエは求め操られるままに媚びねだる。

「ヴェンツェル様が、欲しい……、のぉ」

男の腕にすがりつく。我慢の限界を訴えるように四肢は震え、悲鳴を漏らしていた。

ヴェンツェルは、目を欲情で滾らせながら、アマリエの顎を捉え、ひとしきり舌を絡め笑う。

「どこに？　ほら……自分でドレスの裾を上げ、見せてごらん」

ずるりと指を引き抜かれ、含むものを失った隘路が切なく疼く。

「でないとあげないよ」

目の端から溢れた喜悦の涙を舐め取り、そんな事を言う。

はあっ、はあっと荒れた呼気もそのままに、アマリエはおずおずと自分のドレスに指を伸ばす。

はしたなさを笑われまいか。

ヴェンツェルの表情をおずおずしながら探ると、形のよい彼の喉仏が大きく上下した。

胸に甘苦しさが込み上げてくる。

餓《う》える情欲を抑えたくて唾を呑み、頬を紅潮させながら裾を持ち上げる。

絹布の端が肌を滑るのにも感じてしまう。

びくっびくっと痙攣しては指をとめ、根気よく促す男の視線に負け、また持ち上げだす。

そうして、前面部分の布を腰にたくし上げてしまうと、乾いた空気がすうっと秘部を撫でた。

左右に割り、限界まで開いた膝を、レースで縁取られたドレスの裾がくすぐっている。そのささやかな感触に呻き、声をこぼそうとする唇をぎりぎりで引き結ぶ。

「んっ……」

夜、ベッドの上で裸を見つめられるのとは、比べものにならない恥ずかしさに襲われた。

視線を合わせていられなくて、顔を横に向けるが、それでも、どこを見られているのか、そこがどうなっているのかわかる。

蜜筒の入口がぽってりと充血し花開き、そこから糸をひいて蜜が滴る。

媚肉は受け入れるべき雄を求め、扇情的な色と動きで誘い続ける。

自分で晒した隠すべき場所が、窓から入り込んだ夏の日差しにてらてらとぬめり輝くのまで、わかってしまう。

身体の奥から強い衝動がせり上がってくる。

「おね、がい……待たせ、ないでぇ……」

泣きねだりの声をこぼすと、淫らがましい動きの舌で口腔を犯された。

舌根が痛むほど吸い上げられ、かと思えば、癒やすように優しくその部分を舐められる。

口づけを交わしながら、彼はアマリエの身体を優しく執務机の上へ押し倒す。

背が天板に付けられた次の瞬間、貫かれた勢いで反り跳ね上がった。

焦れていたのはヴェンツェルも同じか、腰が浮くほどぐぅっと最奥まで一気に貫き、股間を密着させたまま、尖端だけで子宮口を抉り捏ねる。

圧倒的な愉悦が、歓喜となって女の肉体を駆け抜けた。

「あああっ……！」

衝撃のあまり息を止め、頭の後ろを机に押しつけ、腰から喉までを弓なりにして耐える。

挿入だけで絶頂を迎え、今にも崩れ落ちそうなアマリエの身体を支えるのは、穿つ肉棒と屈強な男の腰。

目映《まばゆ》い快楽の光に包まれ、身をのたうたす間に落ちた脚は、自然にそこへ絡みつき、淫靡な動きで引き寄せた。

絶頂を迎えた蜜窟はびくびくと痙攣し続け、限界まで肉楔を含みきる。

「くっ……、まだ、奥処に、……呑むか」

吐精を促す淫らな動きを楽しむように、覆い被さり歯を食いしばっていたヴェンツェルは、こらえきれぬと言い、大きく腰を動かしだす。

熱い肉の中で長大なものが律動的に動く。

がつがつとした動きに体躯が揺さぶられ、欲望の刻印が灼きつけられるまま、嬌声を放つ。

「あんっ……ああっ、あ……んんっ……あうッ……！」

声どころか、指一つ思うままに動かせない。与えられる快感を受け止めるので精一杯だ。

魂ごと愉悦に溺れきり、弾けるごとに大きくなる衝動に身を任す。

ヴェンツェルは劣情に目をぎらつかせながら、女の胸の尖りを吸い上げ、かと思えば脇や喉の柔肉に噛みつき、あらゆる部分を貪りながら突き上げる。

「好きだ。……好きだ。アマリエ。全部、与えてくれ……！」

激しく、執拗に求め、穿ち、汗を滴らせながら、抽挿を繰り返す。

結合する部分は、互いに快楽を与えながら燃え立ち、もうどちらがどちらの器官なのかもわからなくなっていく。

ただただ求めた。

今、腕の中にあるものを失わないように。死すらも二人を引き離せないと誓うように。

怒張は恐ろしいほど大きく育ち、それを受ける子宮口もねっとりと膨らみ開く。

野生の狼の雄叫びじみた声が響き、尖端が子宮にめり込むほど楔を打ち込まれ、精神と肉体が限界を迎えた。

すさまじく大量の子種が膣奥で吹き上げ、女の胎に流し込まれる。

声もでないほど感じきり、開いた唇をかすかにわななかせていたアマリエは、下腹部の奥を灼かれる感覚に意識を飛ばす。

——この人が、好き。この人でなければ、駄目なの。

自分のもののような、そうでないような女性の声が、恍惚に浸る脳に響く。

酷く懐かしく、それでいて悲しげな声は、前の人生で死んだ自分の願いなのか、それよりも遠い記憶なのかわからないまま、アマリエはそっと目を閉じた。

第六章　疑惑 ～誰が、私を殺したか？～

夏至から二ヶ月も経つと、暑さが厳しくなってきた。

南方では水害の予兆が出始めたとかで、ここ数日、ヴェンツェルも忙しい。

手伝えることがあればいいのだが、治水工事や要塞補修といった専門知識を必要とする会議は難しく、アマリエの手に負えない。

――夜には時間が取れる。だから、ただ腕に抱いて、慰めてくれればいい。

しょげるアマリエに対し、そんな風に気遣ってくれたヴェンツェルだが、ここ数日、寝室にも戻らない。どころか夜を徹して働いている。

きつくないか、体調は大丈夫か知りたかったが、もう、そのような雰囲気ではない。

夏から秋にかけての気候で、穀物の取れ高が決まる。

ここで下手を打てば、冬に食料不足となり餓死者が出ることもある。

皇帝として踏ん張りどころだとわかるからこそ、彼を信じて、じっと待つことにした。

気を利かせた侍従長から、食事はきちんと摂っており、執務室に備え付けの小部屋で仮眠もされている。と聞かされたのもある。

その際、「一番、こたえているのは、アマリエ様との時間を取れないことのようです」と微笑ましげに言われ、赤面したまま、陛下をお願いしますと頭を下げた。

そして、寂しさを持て余し時間を無駄にするよりはと、かねてより気になっていることを調べるべく、宮殿内の図書室へ足を運んだという訳だ。

司書の案内に従い、アマリエは木立のように並ぶ書架の間を歩く。

蔵書で手狭になったことを理由に、元あった離れから、馬の室内調教場へ改装移転した図書室の天井は、とても高い上に一面硝子張りだ。

なにもなければ、さぞ明るく開放的な空間だろうが、残念なことに、人が二人並ぶのがぎりぎりなほど、書架が詰め込まれている。

しかも、その一つ一つが高いため、棚にある背表紙すら読めないほど、下の方は影で薄暗い。

場所柄、気配を抑え静かにしている者がほとんどで、どこにいても人の目や話し声がある宮殿本棟とは別世界だ。

目的としていた宗教学の棚の前で鍵を渡し、専用個室の使い方を教え立ち去った司書の気配ももう遠く、なんだか自分一人が取り残された気分になる。

（いけない。……ぼうっとしている時間なんかないわ。あと三時間で閉館だもの）

宮殿にある図書室は、頼めば、いつ何時でも、指定した本を司書が探して届けてくれるが、調べ物をするために、利用者が自ら立ち入ることのできる時間は定められている。

よし、と気合いを入れ、納められている本の背表紙を確認しながら選ぶ。

棚に並ぶのは、初代皇帝であるジークフリート・フォン・バーゼル一世の伝記だった。

帝国の民なら、知らぬ人もいない建国の英雄。

東西南北の小国をまとめ四大公爵家の前身とし、選帝候制度を確立し、この帝国の土台を築いた。

四大公爵家の力が偏らぬよう、それぞれの家から皇妃を娶り、けれど皇后は一度も置かず、味気ないほど平等に四人の妻と接し、子を皇族として教育し成人させると、もう役目は果たしたとばかりに表舞台から姿を消した。

老後はラウエンブルグ公国にある離宮に隠居し、ひ孫の代になるまで生き、静かに息を引き取った。

皇族専用とされる閲覧室へ本を運び込む。

集中したくて、衝立《ついたて》に囲まれた席で書をめくるが、これと言って目新しい情報はない。

建国当時の本なら、今とは違う解釈があるかもと紐解《ひもと》くが、古語で書かれているため、辞書を片手に解読する必要があり、なかなかの難敵だ。

(皇帝になる前の、逸話……が、ほとんどない)

備え付けの紙に、ペンで文章を書き写すうちに気づく。

どの本も、ジークフリートが皇帝になってからの話しかない。

歴史、民話、宗教学と、関連しそうな分野から本を抜き出してきたのに、彼が英雄と呼ばれる前のことになると、途端にどの本も記述が曖昧になっていた。

(吟遊詩人の残した伝承のほうが、よほど詳しいだなんて)

ぼろぼろの古文書にある挿絵と、横に綴られている叙事詩に目を向ける。

全体を読んでいないが、竜、殉死した聖女、竜殺しの槍などの単語から、ジークフリートの英雄譚《たん》だと知れた。

話としては面白いが、信憑性《しんぴょうせい》となるとさっぱりだ。

どの国でも、皇帝、あるいは王を神聖化させるため、誇張されたおとぎ話はつきものなのだから。

見当違いなのだろうか。文字を書き写す手を止め、目の間をそっと揉む。

小さい文字ばかり見ていたためか、視界がかすみ、頭の奥が鈍く疼く。

とうとう手で目を覆い、別のことを考え、気分転換を図る。

（メルゼブルグ伯爵夫人も、舞踏会の余興に、この叙事詩を芝居にしていたわ……）

つい半月ほど前、ヴェンツェルとともに舞踏会へ行った時のことを思い出す。

（楽しかったな）

ヴェンツェルは強引に叔母の主催する舞踏会へ出席を決め、申し訳程度の仮面をつけて参加した。

しかし帝都にいる貴族なら、仮面をつけていても皇帝その人だとすぐわかる。

陛下、陛下と騒ぎ、恐れ入り膝を折る臣下らを前に、ヴェンツェルは茶目《ちゃめ》っ気《け》たっぷりに笑い、背後を振り返り、どこにおられるのだと空とぼけ、唖然《あぜん》とする貴族へ向かい、バーデン公爵の遠縁だ。

などと、嘘ではないが本当とも言い切れぬことを言う。

特別扱いは不要とする態度を前に、陛下などと畏《かしこ》まれば無粋と笑われる。

だからこそ、周囲も「あれは他人の空似」と割り切り、知らぬ素振りを貫くしかない。

アマリエの手を引き、当然の顔で踊りの輪に加わるヴェンツェルに呆れたのも束の間。

二曲、三曲と相手を見つめて踊るうち、次第に自分も楽しみだす。

思えば宮殿以外の場所で舞踏会に出るなど初めてだったし、未来の皇后と持ち上げられだしてから、打算や陰謀を交わす日々に疲れていた。

ただの男と女として微笑み合い、余興に打ち上げられた花火をはしゃぎ見た。

横紙破りではあったけれど、とても楽しく、いい気分転換になった。

（指を絡めながら庭園で花火を眺め、口づけを交わし、来年も同じように二人でいようと約束した）

楽しかった。幸せだった。

砂糖菓子のように甘く、ほろほろと溶けていく記憶を味わううちに、アマリエはいつの間にか寝入っていた。

物音に目を開くと、辺りは真っ暗で、閲覧時間も過ぎていると、天井から見える宵の空で気づく。

（いけない。寝てしまうなんて）

積み上げた本を崩さないようにして起きる。

すると、衝立の向こう側から話し声が聞こえた。

辺りを窺い潜められた声は、どこか聞き覚えのある男女のものだった。

（皇族専用の閲覧室なのに？）

気になり、影からそっと様子を窺ってしまう。

この部屋は、皇帝から三親等にある者、あるいは皇帝の許可を得た者のみに利用が許される。

他は寵姫だろうと、重臣だろうと入れない厳密さだ。

それ故、利用者同士が偶然で顔を合わせることも滅多にない。――のだが。

「皇后は……だ。彼女が僕の……となることはない」

「ですが、一度は皇帝陛下はイリーヤ様を、皇后にすると。だからアマリエ様は……」

途切れ途切れに聞こえた内容にドキリとし、知らず息を詰めていた。

辺りの暗さに目が慣れてくると、声の調子や姿から誰かわかってしまう。

エルンストと、皇后教育女官であるヴィクラー女史だ。

(なぜ、あの二人が?)

ぼそぼそとした声に耳を澄ませながら、そう思う。

アマリエの義弟と教師。面識があるのは不思議でない。

だが、こうして二人で話すほど親しかっただろうか。

どころか、ヴィクラー女史に対し、エルンストはいつも素っ気なかった。

誰でも柔和に受け入れ、当たり障りのない付き合いをするエルンストらしくない、距離を置いた挨拶や気のない素振りがどうしてか尋ねた時など、「ああいう知性派の女史はね……」と言葉を濁し、不機嫌そうにしていたほどだ。

そんな二人が、人目を忍んで会う理由がわからない。

「私には、どうしても、相応しいとは思えませんっ」

決して大きくはない、だが、反論を許さない語調に目をみはる。

「皇帝陛下がお許しになっても、私は許せません……。血統も、才能も、まるでふさわしくない」

引き絞るような声に胸を貫かれた。緊張した背中に嫌な汗が伝う。

（ああ、私のことだ）

皇后教育女官であるヴィクラー女史の言葉と、先ほど聞こえた単語を合わせれば、嫌でもわかる。

アマリエは皇后に相応しくない。イリーヤのほうがいい。と訴えているのだろう。

「僕が……と……すれば、君は満足だというのか」

エルンストの反撃にヴィクラー女史が息を呑み、感情的に拒絶する。

「嫌っ！」

常に冷淡で、感情の起伏が少ないヴィクラー女史らしくない、高く鋭い声がした。

そこで初めて、彼女が思っていたよりずっと若いことに気づく。

堅苦しいほどきちんとまとめた黒髪や、端が上がり気味の目と無表情のせいで、もっとずっと年上に見えたが、今の彼女は年相応の――女史と言うにはまだ若い、女の顔をしていた。

「じゃあどうしろと？　だいたい君が皇后教育女官になれたのは……が、……たからと何度言えば」

いらだちを含んだ声を投げるエルンストに、ヴィクラー女史が手を振り上げる。

あっ、と思った時には、その手はエルンストの頬を叩いていた。

「だったら、殺して」

低く沈んだ声で告げ、ヴィクラー女史が走り逃げる。

残されたエルンストは追うでもなく、両手で前髪を鷲づかみながらうめく。

「残酷なことばかり言う。……くそ。僕が皇帝なら、望むものが手に入るのか」

吐き捨て、脱力したように、側にあったソファへ腰を落とす。

貴公子と評される彼とは思えないほど乱雑な動きに、椅子はきしみ悲鳴を上げる。

その影で、アマリエは気配を殺すのに必死となっていた。

ばくばくと心臓が波打つ音が、エルンストまで聞こえてしまいそうで怖い。

（殺す、とか、皇帝、とか……）

膝が笑い、ついに立っていられなくなってしゃがみ込む。

（私を殺したのは、エルンスト様？）

前の人生で、アマリエを殺すよう命じたのは――エルンストか。

不可能ではない。むしろ、ヴェンツェルが殺害を命じたというより現実味がある。

なにより、アマリエが死んだ後、ヴェンツェルは政治どころか社交からも手を引いていた。

皇后と蜜月を味わうでもなく、ただ、存在するばかりの皇帝となりさがっていた。

殺害を命じたにしては、ヴェンツェルのその後の人生はおかしい。

死ぬ瞬間ですら、見せかけの抵抗で相手を煽り、自分から剣に飛び込んでいた。

それを考えれば、ヴェンツェルは殺害を命じたのではなく、アマリエが死んだ責任を抱え込み、弟の裏切りに絶望したとするほうが、彼の性格的にも立場的にも筋が通る。

エルンストであれば、皇帝の命を装い軍を動かすなど造作もない。

考えれば考えるほど、そうとしか思えなくなっていく。

皇后どころか、皇妃となることすら許されなかったアマリエとの結婚話を受けることで、兄のヴェンツェルと、ラウエンブルグ公国双方に、前もって恩を売る。

（その上で、ヴェンツェル様の命令に見せかけ私を殺害し、偽りの証拠をラウエンブルグ公国君主の兄に渡し、婚約者の敵を討つという大義名分の元に、両者を争わせて皇帝の座を奪った？）

理由をつければ、いくらでも怪しく見えてしまう。

ヴィクラー女史との密会にしても、アマリエやヴェンツェルを陥れる為に利用している最中だとすれば納得が行く。

共犯者として手を組んでいるから、表面上はお互い毛嫌いしていたのか。

急激に組み立てられていく推論におののきながら、額《ひたい》に手をあてる。

（違う。違う。なにかがおかしい）

だけれど混乱しすぎた頭では、どこから計算が間違っているのかわからない。

誰かに話しながら検証したいが、誰に話せばいいと言うのだ。

（一度、私が死んだはずの未来のことなんて）

そもそも、前の人生とは大きく変わっている。

これが、どういう結果になるかなど、アマリエにもわからない。

（どうすれば）

震え、ともかく、気づかれないように切り抜けなければと後じさり、机にぶつかる。

積み上げていた本が頭に落ち、うかつにも小さく悲鳴を上げた。

「痛っ……！」

「誰だ！」

大きな音がし、間をおかずして衝立が倒される。

は、と息を呑んだ瞬間、アマリエとエルンストの視線が合う。

固まるアマリエの前で、突如エルンストが身を鞭打《むちう》たせた。

「え、……エルンスト様ッ？」

相手が敵で、自分を殺すかもしれない相手でも、それは今ではない。

立ち上がり、アマリエは呆然としてしまう。

――あったはずの衝立も、机も、壁も天井もない。

深淵《しんえん》の底じみた黒一色の世界の中、エルンストの顔をして、エルンストの身体をした男から、ほのやかに光が立ち上り、やがて、直視できないほどの輝きとなる。

「あな、た……！」

なんとか声をしぼりだすと、相手は以前と同じように虚空に腰掛け、脚を組み笑う。

「やあ。久しぶりだねアマリエ」

名は知らない。

だが間違いなくアマリエを生き返らせた張本人だとわかる。

たとえそれが、エルンストの姿を使っていても。

「どう、して、こんな……」

会う方法を模索していた時には気配すら掴めなかったのに、こんな時に会えるなんて。

アマリエの心を読んだのか、その人は、物珍しげに前髪をひっぱり笑う。

「ああ、どうして今？　だろう。……答えは簡単。使いやすい霊媒がここにいたから」

指摘され、あっと思う。確かに、エルンストは霊だの超常現象だのに敏感な体質だ。

「でも、それならどうして！」

「一度で覚えてもらえないかな。ここと、君がいる日常は時間の観念が違う。時の流れ方に規則性はない。そちらでの一時間が瞬きもないこともあれば、こっちでは二十年ぐらい遠いこともある」

俳優がかった仕草で両手を拡《ひろ》げられると、大小様々な鏡が現れ、像を結ぶ。

会議で意見を戦わせているヴェンツェルの姿や、アマリエを探す侍女のエッダ。

生まれたばかりの息子をあやす兄のゲルハルトが見え、その横の鏡では、身長も伸び、ぐっと青年らしくなった弟のヨシュカが騎士として剣の稽古をしている。

朝のものもあれば、夜中のものもある。

動きだって早かったり、止まっていたりと様々だ。

「勘違いしないでほしい。僕が介入できる物事など、ごく限られた範囲と人だけだ」

前髪から指を離し、青年は組んだ膝の上に手を置く。

目を細め、笑っているような表情を見せているが、眼差しは凍えるほどに冷たい。

怖気《おぞけ》に身を抱きながら、彼をにらんだ。

――鍵、あるいは、帝国という布地を留める重要な待ち針。

いつだったか、青年はアマリエのことをそう表した。

「私の近くの物事しか、変えられない？　どうして……」

推理が唇から溢れると、青年は目を閉じてうなずく。

「どうしてだろうねえ。理由はあるけれど、教えられない。それは禁じられている」

誰に、と聞くのも馬鹿げていた。すでに人ならざる若者に、なにかを禁じることができるものなど、彼以上の力をもつものだ。アマリエが聞いて理解できるものではない。

もやもやとする気持ちを抱えたまま黙っていると、青年は片目だけを開く。

「とはいえ、まったく教えないのも酷だ。許される範囲で伝えておく。僕の用事もそこにあるからね」

「用事……」

なんの意味もなく現れることはできない、ということか。

どこか遊びめいている。

許された盤上で、自由に動く駒になってしまった気分だ。

差し手は駒の気持ちなどわからないし、駒だって差し手の気持ちはわからない。

どこかで利害は一致しているだろうが、それがどこかすらわからない。

固唾を呑んで相手の出方を待っていると、青年が手を仰向《あおむ》けにして開く。

蛍のような光が彼の指に灯《とも》る。

同時に、鏡に映し出されている人々にも光がやどり、アマリエの元へと向かって来て、手首に繋がっていく。

ある者は糸のように細く、ある者はリボンほどもある幅で、人々とアマリエが繋がれる。

「これは、君と運命を共有するものたちの、縁の強さを視覚化したものだ。……心の絆と言ったほうがわかりやすいかな？　たとえば、これ」

青年がその手に息を吹きかける。すると繋がる光の帯が一つだけ赤く色づく。

「あ……」

目で先を追い、その人を見た瞬間、知らず唇がほころんでいた。

一番太く、輝きも強い光の帯。

それは真っ直ぐに、鏡の向こうで会議しているヴェンツェルへと繋がっていた。

「そう。これは君と皇帝を繋ぐものだ。……君が死んだ時は、こうだった」

たちまち帯の幅も光量も途絶えていく。

そうして最後には、かろうじて可視化できるほど頼りないものになってしまう。

「見えるのが不思議なぐらいだ。ここまで行くと、切れているものなのに」

思い出し笑いなのか、口に指の節を当て青年は喉を震わせた。

「お手並み拝見と言ったが、正直、君がこんなにがんばるとは思わなかった」

切れかけていたヴェンツェルとの絆が、今日までの思い出を背景にまた強まってくる。

「では、このまま……」

このまま、彼と絆を繋ぎ続ければいいのだろうか。

（そうすれば、あの、ひどい未来を避けられる？）

思い出すことも嫌な、悲惨な滅びの光景が脳裏によぎる。

「おめでとう。と言ってあげたいところだけど。そうじゃない」

「え？」

「滅びの運命は消えた訳じゃない。ということさ」

ぱちんと指を鳴らされる。すると二人を取り巻いていた鏡が、一つを残し消えてしまう。

見えるのは、鏡の向こうのヴェンツェルと、自分と、青年だけになる。

そしてそこに、一つの帯と四本もの糸が繋がっていた。

「二本ずつ、ある」

先ほど見た限りでは、太さや輝きに関わらず、糸は一人に一本しかなかった。

けれど、青年とアマリエ、ヴェンツェルと青年。その三点を繋ぐ糸だけが二本ずつになっている。

「そう。一つの人生に一つずつ」

「一つの人生に、一つ？　だとしたら貴方は」

二度生まれ、二度死ぬということ。それがヴェンツェルにもアマリエにも繋がっているということ。

なにかがわかりかけたような、それでいてもっと混乱した心地にさせられ、アマリエは黙り込む。

「私は、貴方から来て、貴方へ還《かえ》るもの？」

「あるいは、僕のほうがそうなのかも。……アマリエ」

愛しさと切なさに溢れた響きで名を呼ばれ、好意もないのにどきりとする。

――アマリエ！

静寂の中、突然声だけが脳裏に響く。

アマリエ、アマリエ、どうして死んだ！　――と。

(今のは、ヴェンツェル様？　それとも、この人？)

どちらの声とも取れる響きに戸惑う間に、頭の中に印象の破片が降り注ぐ。

黒光りする鱗《うろこ》、辺りを濡らす血の雨。けだものの絶叫。呪われる声。

――千年、死の苦しみを抱えるがいい。千年、愛する者が苦しむのを見守るがいい！

地の底を這うようなおぞましい声が、空を揺るがしながら呪う。

絶望を引き起こす叫びの中、凛とした女性の声が希望を残す。

――そして千年、帝国が栄えた時に、その呪いは砕かれる！

切羽詰まった響きが魂の中に眠るなにかに触れ、すぐに去っていく。

目から涙が溢れる感触がした。

すると青年がアマリエの前に降り立ち、頬に手を伸ばす。

だが、アマリエが気を取り戻すと同時に、はっと息を呑み、青年は指を引いた。

「話を戻そうか」

己の目に手を当て、青年が苦悩の色を濃くにじませた表情で続ける。

「ともかく。君と皇帝との絆が、滅びの運命を決定づけたものではない」

消え入りそうな声で告げる。いや、声だけではなく、青年の放つ光もまたたき薄れていた。

「長く、引き留めすぎた。……君が、こんなに……に似ているから」

弱々しい微笑みに、胸が締め付けられてしまう。

まるで青年の抱える虚無や喪失感が伝染してしまったように、薄ら寒いものが心を吹き抜けた。

「あの……。貴方」

「さあ。お行き。……心配しなくてもいい。今のところ、君は最善の道を歩んでいる。だから勇気を持ってお行き。そして」


——最後の悪意を、乗り越えろ。


「……だったら、殺して」

低く沈んだ声で告げ、ヴィクラー女史が走り逃げる。

目を開くと、少しだけ時間が巻き戻っていた。

息をすることも恐ろしくて、ただただ小さくなってうずくまる。

(動いちゃ、駄目。……ここで動いて、気づかれた)

集中し、注意深く状況をさぐる。

「残酷なことばかり言う。……くそ。僕が皇帝なら、望むものが手に入るのか」

エルンストが両手で前髪を鷲づかみながら吐き捨て、ソファへ腰を落とす。

どのぐらいそうしていたのだろう。天井の硝子窓から差し込む月明かりで床が白く輝き始めると、身動きせず、ただ、膝を抱えていたエルンストが立ち上がる。

「一人で居ても仕方がない。……そんなこと、わかっているのに」
一度だけ自分をあざ笑い、それから振り返ることなく、彼は閲覧室を出ていった。
(切り抜けた)
安堵からくる脱力に身を任せ、アマリエは床に突っ伏し息を吐く。
冷たい大理石の感触が、触れている肌に心地よい。
いろいろなことが起こりすぎて、頭がどうにかなりそうだ。
転がり仰向けになる。お行儀が悪いが、今は起き上がれそうにない。
天窓から光を投げかけてくる三日月を眺めながら、アマリエは考える。
「最後の悪意って、なんなのかしら」
ヴェンツェルとの絆が失われたこと、それが滅びの原因ではない。
(違う。失われてないと彼は言っていた。ずっと、失われていなかった)
なら、一体なにが？
振り出しに戻ってしまった。いっそ、最初から考えたほうがいいのだろうか。
迷いながら——アマリエはそっと目を閉じた。

(まだ少し、身体がだるい……)
再び時の狭間に呼ばれ、あの青年に会った夜。

アマリエは考えるうちに、床の上で寝入ってしまった。

人が住むことなど考えられていない図書室の、大理石の床で眠ればどうなるか？

考えるまでもない。

探しに来た侍女が見つけた時、アマリエの身体は冷え切っており、それが原因で風邪を引いた。

悩みうなされるまま高熱が三日三晩続き、ようやく起き上がれるようになっても、喉の痛みと微熱でまともに話せない。

部屋から出てもよいと言われる頃には、もう夏の終わりに差し掛かっていて、宮殿を囲む森も、その色を緑から朱や黄色へと変え始めていた。

（本当に、申し訳ないことをしてしまったわ）

倒れているアマリエを見た侍女は、とても怖い思いをしたと半泣きだったし、病を得たと侍医から報告を受けたヴェンツェルは、会議そっちのけでアマリエの元へ飛んできて、熱が下がるまでは時間が許す限り側にいてくれた。

そして、アマリエが話せるようになった途端、厳しい声で叱りつけた。

――お前が倒れたら、私はなにもできなくなる。

引き結ばれた唇の端や、不安の影を残す目を見て、アマリエは素直に頭を下げた。

まだ痛む喉で「ごめんなさい」と告げると、平坦《へいたん》な声で「もういい」と返し、ヴェンツェルは不器用な手つきで枕元にある林檎《りんご》を剥き、アマリエの口に押し込んだ。

甘く冷たい果実と、下がったはずなのに火照り続ける身体。そして照れ、目を合わせようとしてくれないヴェンツェルを思い出し、くすりと笑う。

「まあ、アマリエ様。……なにか、楽しいものでも？」

隣に座っていた少女が、天使のように無邪気な顔で尋ねてくる。

「いいえ、別に」

「あら。……皇帝陛下に溺愛されている夢でも見られたのかしら」

一時期、皇后はどちらだとか言われ、派閥まであったとは思えない気さくさで、少女――イリーヤが微笑みかける。

場所は国立歌劇場の皇族専用席。

今宵《こよい》は外国から招かれた踊り手による珍しい演劇舞踊――バレエが上演されるため、観客席のすべてが埋まっていた。

天井桟敷《さじき》にいたっては、遠眼鏡を使わずともぎゅうぎゅう詰めだとわかるほどで、開演前のざわめきも大きい。

アマリエの横で「ヴェンツェル様も見目がよろしいけれど、うちの舞踏団の男性も」と、楽しげに説明しだすイリーヤに、複雑な気持ちを抱く。

そう。招かれているのはルーシ帝国の演劇舞踊団で、この講演は、遊学を終え、国へ帰るイリーヤが謝礼として企画した公演なのだ。

アマリエが風邪で部屋を出られず、侍女とヴェンツェルだけを話し相手としている間、宮殿ではいろいろなことが起きていた。

まず、イリーヤが遊学を切り上げ、ルーシ帝国の祖父の元へ帰るという噂が流れ、その通りだと言うように、かの国から外交特使が訪れた。

平行して、イリーヤが仮住まいしていた部屋の一角から荷物が運び出され、備え付けられていた家具を分解するために職人が出入りしだす。

その頃になると、噂は事実に変わっており、イリーヤはさっぱりした顔で、仲のいい貴族令嬢とお別れのお茶会や、舞踏会と飛び回っていた。

本来なら、来年の春先まで滞在する予定だったのに、どうして帰国するのかと言う問いに、彼女は常に「わたくし、失恋いたしましたの」と淡い微笑で応じたと言う。

事実、イリーヤはヴェンツェルにまったく興味をなくしていた。

以前は、隙を見ては執務室や彼の私室に押しかけ、お茶だ、食事だと、無邪気にわがままをぶつけていたが、それもない。

仲のよい侍女や令嬢に、ヴェンツェル様が好きだとか、恋しているだとか、あけすけに語っていたのもぱたりと収まった。

その代わりと、同じ年頃の貴族令息と遠乗りしたり、散策したりする日が増えだした。

どうもアマリエの部屋が皇帝私室の隣、つまり皇后の部屋に変わった時からの模様で、それまで皇后はイリーヤ皇女だと騒いでいた向きも、すっかり消滅してしまったようだ。

今日、予定通りヴェンツェルがここに臨席していたとしても、前のように熱をもって話すこともないだろう。

朝までは、ヴェンツェルとアマリエは一緒に過ごしていた。

久々に二人の時間を味わう中、いつだったか、プリズムで虹を作り笑い合ったことが話題に上る。

懐かしいと遠い目をするヴェンツェルに、今でも持っておりますと応え、宝箱から硝子の三角柱を取り出し、二人して窓辺で虹を作り遊んでいた。

しかし、午後になって事態は急変した。

軍の、帝都警備部隊の長から連絡があり、バーデン公爵邸に賊が入ったと報告を受けた。

皇帝となり離籍したとはいえ、元は生家。

当主であるエルンストは、幸い宮殿で寝泊まりしていて無事だったが、放置していい話ではない。

賊の狙いがなにかわからず、使用人が数名怪我したと聞けば、部下任せにするわけにも行かない。

どういう状況だったのかを調べさせ、皇帝として怪我人《けがにん》を見舞い、大事にならないよう対処する必要がある。

しかも、イリーヤの出立は翌日。

ヴェンツェル個人を狙った者や、金目当てならば国内の事件で済むが、貴人を手当たり次第に狙っているならば、旅程の再調整や街道の警備状況確認が必要だ。

結局、馬車を出す時間となっても彼は戻ってこず、欠席の連絡だけが来た。

その代わり、アマリエを守る護衛の人数を増やされた。

この枡席《ますせき》の扉の外に五人。馬車を護衛する者はその倍ぐらい増えていた。

しかし、枡席の中にはアマリエとイリーヤ、そして彼女の侍女が二人だけだ。

一応、アマリエもエッダたちを連れていたが、劇が始まる前に、皇帝陛下がおいでになるかもしれない。とかで呼ばれ、支度の為に席を外していた。

皇族専用の枡席と言っても観劇用だから中は狭い。

椅子が三脚に、遠眼鏡やチョコレートを置く小さなテーブル。

部屋の隅には、気が早くも、冬に使う外套《がいとう》を入れる大きな長櫃《ながびつ》が用意されている。

（まだ、夏が終わったばかりなのに。どうしてかしら？）

アマリエが風邪を引いたから、ヴェンツェルが寒くないようにと用意させたのかもしれない。

心配のしすぎだが、先日、風邪で寝込んだ引け目もあり、大げさだとは言えなかった。

劇の始まりからヴェンツェルと一緒にここにいられないのは残念だ。

（でも、終幕までに来られそうだから、侍女たちが迎えに呼ばれたのだろうし）

間に合って、少しでも共にいられればいい。滅多に見られないバレエの上演なのだし。

ヴェンツェルがいなくて残念なのはイリーヤも同じだ。

彼女は明日の昼には宮廷を発《た》ち、国へ帰る。

今日、会えなければ、もう二度と会うことができない。失恋したとはいえ本当につらいだろう。

相手を思い、同時に、彼女が国元に戻ることについてほっとしてもいた。

つい先日、風邪を引いたアマリエを見舞いに来た時に彼女は告げた。

――残念ですがヴェンツェル様との結婚は諦めます。アマリエ様以上に、お似合いになれる気がしませんし。

気まずいのか、険しい顔をするヴェンツェルの隣で、あっけらかんとイリーヤは笑っていた。

申し訳ない思いとともに、やはり彼女は、ただヴェンツェルに恋していただけだったのだと安堵した。

（ドレスを駄目にされたのも、きっと、イリーヤ皇女自身の意思ではなかったのね）

やはり、イリーヤを皇后としたい貴族の誰かが、嫌がらせに仕組んだことなのだろう。

一時期、彼女までもを疑ったことを思い出し、少しだけ申し訳なくなる。

心のままに好意を表し、物語のように恋をする姿を羨んだ日々も、終わるとなれば物寂しい。

複雑な思いを抱いたまま、隣で愛らしく笑うイリーヤに話を合わせていると、彼女はためらうように左右を見て、アマリエの耳に顔を寄せた。

「ご存じかもしれませんが、わたくし、国元で結婚することが決まっておりますの」

「まあ。それは、おめでとうございます」

「ヴェンツェル様ほど美男子ではありませんが、祖父の選んだ方です。きっと素敵に決まってます。

……絵姿だっていただきましたのよ」

そう言い、もじもじしながら胸元からペンダントを出す。

恋の好敵手だったイリーヤの相手が誰なのか、ふと興味を引かれ、アマリエはペンダントに顔を近づけた。

もう開演間近で、シャンデリアは天井に収納され、辺りが薄暗くなっていたからだ。

「二人だけの、秘密です」

そう告げ、イリーヤが留め金を外す。

「え？」

蓋が開かれた途端、ぱあっと金色の粉が舞った。

とても粒子が細かいのか、アマリエが一呼吸しただけで、粉は鼻孔や喉の粘膜に張り付いた。

ひくっ、と喉が痙攣し、舌の付け根が声の通り道を塞ぐ。

「……っ、かはっ！」

喉を抑え咳《せ》き込《こ》む。助けを求めようと上げた顔に、湿った布が押し当てられた。

吐き気がするほど甘い匂いがし、凍らせた鉄棒を入れられたように頭がきりりと痛みだす。

熱病の疼くものとは違う。思考ごと押しつぶす無機質で冷たい痛みだ。

くらくらと前のめりになるアマリエの横で、寄せられていた飾り幕がずらされる。

これでは、外から中の様子が見えない。

序曲が始まり、ただでさえ人々の意識は舞台に釘《くぎ》付けだと言うのに。

もがく腕に爪をつきたて、痛むほどの力で掴んだのは、イリーヤだった。

彼女は床に腰を下ろし、先ほどと変わらない清らかな微笑みでアマリエを見る。

「ああ、声がでないでしょう？　でも、意識を失うまでしばらくかかるわ。そういう毒を選んだの」

なにを言っているのだろう。わからず、重いまぶたで瞬きを繰り返す。

だが、見えるものは何一つ変わらない。

オーケストラが奏でる音楽も、どこか遠い。耳に綿を詰められたみたいだ。

なのにイリーヤの声だけが、嫌にはっきりと聞こえる。

「鋏《はさみ》を」

愛らしい声で、物騒な単語を口にする。

すぐに、よく研がれた鋭い鋏がイリーヤの手に渡される。

触れただけで切れそうな先を目の前で見せつけられ、青ざめた。

「あらあら。……本当に純粋な方。私が、悪気も野心もなく、あの男を恋い慕っていたと？」

しゃきしゃきと、いたぶるように刃先を開閉させつつイリーヤが続ける。

「まさか。このわたくしが、そんな幼稚な理由で動く訳がありません。最初から、皇后の座を狙っていたに決まっているではありませんの」

後ろで人の動く気配がする。

見れば、イリーヤの侍女が無言でアマリエの髪を解いていた。

声がでない。出せても、大音量で演奏される序曲の間は気づいてもらえない。

上演中は、枡席への出入りが禁じられているため、エッダが戻って来るのも幕間《まくあい》か終幕になる。

しかしイリーヤはどうするつもりなのだ。ここでアマリエを害すれば、即座に犯人だとばれる。

出入り口は一つしかなく、そこには護衛が張り付いている。

冷静になることで、逃げる好機を探そうとするアマリエに気づいたのか、イリーヤは刃先を指で撫で、舌なめずりした。

「本当はね、ええ、この鋏で口も鼻も切り裂いてやりたいほど貴女が嫌い。でも」

楽しそうな表情とは裏腹に、彼女の目は嗜虐《しぎゃく》にギラギラと光っている。

怯《ひる》むアマリエの顔に、解かれた朱金の髪が滝のように降りかかる。

こぼれる一束を掴み引き、イリーヤは吐き捨てた。

「私を拒み続け、最後はこけにして追い払ったあの男は、もっと嫌い！」

ざくっ……と聞き慣れない音がして、頭が軽くなる。

一拍遅れて、イリーヤが掴んでいた髪がハラハラと緩み落ちる。

驚愕にまばたきもできない間に、一束、また一束と、容赦なく髪が切られていく。

「ねえ、ご存じ？　私の国元では、皇族の女は、王か皇帝と結婚できなければ、姫の称号を取り消され、格下の貴族へ嫁がされるの。まるで、いらなくなった人形のようにね。……そうなると、贅沢も自由もないわ。すべて夫に取り上げられてしまう。舞踏会も観劇も、家族に会うのですら、いちいち夫の許可がいる。……していいのは子を産むことだけ」

断ち切られたアマリエの髪を侍女に渡し、イリーヤは淡々と語る。

「なぜ、わたくしが格下の男に頭を下げなければならないの？　許せないわ。……だから、一番手頃そうなバーゼル皇后の座を狙ったの」

信じられないと頭を振った。が、実際に動いたのは、襟首の長さとなってしまった髪だけだ。

「貴女なんて、ヴィクラー女史にいびられて、萎《しお》れていればよかったのよ。そうすれば、もう少しは苦しまずに死ねたでしょうに」

目を開く。

死ねたでしょうに。ということは、つまり。

「ああ、口が滑りましたわ。でも、いずれ殺すつもりではありましたのよ？　予定通り、わたくしが皇后になれていれば、こんな面倒ごともなく、お祖父《じい》様が貴女を殺してくれた」

「な、ぜ？」

「意外に頭が回らない人ですわね。だって他に皇帝の妻がいるなんて迷惑でしょう？　先に皇子を生まれてはたまらないもの」

戦争せずに、バーゼル帝国をルーシ帝国に併合しようとするなら、他の女の産んだ子なんて、邪魔でしかないわと笑われ、アマリエは最後の悪意の正体を知る。

——イリーヤか。いや、ルーシ帝国か。

前の人生でアマリエを殺せと命じた『皇帝』は、バーゼル帝国皇帝ヴェンツェルではなく。

「ルーシ、帝国、イヴァン……こうて」

「いやだわ、まだ話せるの？　もう少し薬を使うべきかしら？　いいえ、必要ないわね、そのかすれ声だもの」

無理して声を出した喉が、ぜい、ぜい、と嫌な音を響かせる。

身体がだるい。視界だってどんどん暗くなる。

「そうよ。……わたくしが恋をしたからと言って、大事な孫皇女を一年も遊学に出すなんてこと、する訳がありませんわ。お祖父様も私も、最初から皇后の座だけが目的でしたのよ？」

油断させて上手く操ろうとしたのに、こんなことになるなんて。——そう続け、イリーヤはさほど残念そうでもなく肩をすくめて見せた。

「幕間に、劇団員たちが挨拶にくる手はずになっているわ。そのとき、これをかつらにした侍女とわたくしは一緒に楽屋見学にでて。……そのまま、逃げさせていただくわ」

切り落としたアマリエの髪を一つに束ねたものを片手に、イリーヤはうっとりと笑う。

代わりのものがあれば時間稼ぎになる。

皇女とアマリエが同時に消えたように見せかけることで、追っ手を混乱させることもできる。

(でも、残された私をどうするつもりなの?)

意識がない女性を運べば目立つ。かといって、ここで殺せばすぐばれるだろうに。

必死で頭を働かせてみるが、思考がまとまらない。

もうアマリエには答える気力もないと見て取ったのだろう。

ついにうなだれたアマリエの顎を掴み、イリーヤは口角を上げる。

「これからどうなるか、教えてあげますわ」

嘲りの表情でアマリエを観察しながら、イリーヤは舌なめずりをした。

無垢で美しいと人々に讃えられた碧眼が、嗜虐と憎悪でぎらついている。

「貴女は、私の部屋の壁につくった隙間に閉じ込められるの。……それから三日か四日かしら、飢えと乾きに悶え、苦しみながら死んでいく」

国へ帰ることに先立ち、家具を解体するために職人を呼んだと聞いていたが、本来の目的は。

(私を生き埋めにする場所を、作らせて、いた)

絶望に心が覆われていく。

なんとか逃げなければと考えている中、からかうようにイリーヤが告げる。

今公演している舞踏劇団にイリーヤの手下が沢山いること。

護衛の一部は、イリーヤに家族を人質に取られており、好きに動かせること。

枡席に置いてある外套用の長櫃にアマリエを入れ、上演直後に運び出されること。

「ああ、想像すると胸がすくわ……！　あの男は、愛しい貴女を必死で探すに違いないわ。自分の領域である宮殿の、壁の中で、醜く干からびて死んでいるなんて気づかずに、馬鹿みたいにずっとすっと探すのよ」

鈴を転がすような声で笑われる。

ああ、おかしい。ああ、楽しみだわと、呪詛《じゅそ》のように繰り返すイリーヤの声が鼓膜にこびりつく。

悪夢に囚われたアマリエの意識は遠のき、やがて、ぷつりと途切れた。

第七章　転回～未来を変えた、結末は？～

イリーヤとアマリエ。

二人の女性が国立歌劇場から姿を消して以来、バーゼル帝国皇帝執務室の中では、蜂の巣を叩《たた》き落《お》としたような騒ぎが続いていた。

普段は厳重に閉ざされ、衛兵により守られている扉は開けっぱなしで、途切れることなく人が行き来する。

昼間だと言うのに、室内には消し忘れたランプがいくつもあり、執務机の上に乗りきれなくなった報告書は床へ落ち、新たな報告をもたらした侍従により踏みつけられる。

丸二日、こんな状況だ。

老いた重臣の中には、ソファや壁によりかかり呆然とする者もいる。

焦り、怒鳴り散らしたい気持ちを抑え、ヴェンツェルは唇を噛む。

仕方がない。寝ないどころか、誰もが、ろくに食事すらしていない。

当然だろう。

貴族の女性が一人掠われても騒ぎになるのに、二人も消えた。

まして一人は大国の皇女であり、もう一人は皇后となる娘である。

(バーゼル帝国内だけの問題で、済ませられるかどうか)

下手をすれば嗅ぎつけた他国につけいられ、また戦争になる可能性もある事件だ。

気づいた近衛兵《このえへい》や侍女たちが手を打ったからか、その場で大騒ぎになることはなかったのが幸いだ。

(予兆は、あった)

灼けるような後悔とともに、つい二日前のことを思い出す。

(おそらく、俺の生家であるバーデン公爵邸に賊が侵入した騒ぎも関わっている)

皇女イリーヤが、遊学を早期終了させたいと申し出た時から、嫌な予感があった。

無邪気で、人なつっこく、天使のように愛らしい見た目の皇女が、その実、中身がドロドロに腐っていることなど、嫌というほど熟知していた。

――もう一つの人生でアマリエが死んだ日から、自分は知っていた。

イリーヤの存在がどれほどアマリエを脅《おびや》かすか、不幸にするか。

だから、一度目より上手く遠ざけた。一度目は知らなかったあの娘の本性を知っていたから。

(アマリエを、この手で幸せにする。二度と手放さない)

そう誓っていたのに、このざまだ。

――また最悪の事態へ至ろうとしている。

時の狭間で見せられたアマリエの死に様がたちまち脳裏に蘇《よみがえ》り、ヴェンツェルから体温を奪う。

空へ伸びた手。胸から溢れドレスを染めていく血。助けを求めわななく唇。

倒れる身体を追いかけてたなびく朱金の髪や、銀色がかった緑青の瞳から光が失われていく様まで、いやにはっきりと思い出せる。

(私は、アマリエを殺すことしかできないのか！)

胸がきりきりと痛み、目が血走る。

嫌だ！　と吠えかけた時、強く肩を揺さぶられ、現実へ戻る。

「兄上！　兄上！　大丈夫？　……少し、仮眠したほうが」

のぞき込んでくる顔で気づく。エルンストだ。

「いや、……そんな場合ではない」

「でも」

ためらうエルンストを見て、それほど疲れて見えるのだろうかと目を鏡に向ける。

そこには、憔悴しきった男の姿があった。

黒髪は額に乱れ落ち、軍服はくたびれ、だらしなく胸元が開いたシャツはしわだらけ。

肌の色だってどことなくくすんでいて、目の下にはクマができ始めている。

なのに目だけは、怒りとも、自己嫌悪ともつかないものでらんらんと輝いていて悪魔のようだ。

戦場にいた時より酷い自分の有様に、けれどヴェンツェルは驚きもしなかった。

(当然だろう。アマリエが消えたのだから)

アマリエを失えば、こんなものでは済まないことも知っている。だから驚けない。

彼女を失えば、心底絶望し、己を責め、死を望み――その果てに国を滅ぼす自分を知っている。

互いの思いを知らない時でも、そうだったのだ。

互いに愛を伝え、心どころか身体まで結んだ今、彼女を亡くせば、自分はどうなってしまうのか。

腹の底が凍える。膝から崩れてしまいそうな自分を叱咤《しった》し、心に鞭《むち》を打つ。

(馬鹿を言うな。諦めない。手放さない。……絶対に見つけて、幸せにする)

何度目になるか知れない誓いを胸に刻み、エルンストへ手を向ける。

「報告だろう。なんだ？」

どこか気まずげな顔をしているエルンストから紙片を奪い、二度読む。

イリーヤが国元へ帰ると言いだした時から、ヴェンツェルはひそかに国境警備を強化していた。

その甲斐《かい》あってか、劇団員に紛れて逃亡しようとしていたイリーヤが見つかったのだ。

しかしアマリエの姿はどこにもなかった。

早速、重要参考人として皇女を帝都へ移送し、専門の軍人が尋問しているが、相手はふて腐れて沈黙したまま、なにも語らない。

最後にアマリエの姿が目撃された歌劇場の枡席に、朱金の髪が一筋残されていたことや、その他多くの証拠から、イリーヤがなんらかの形で関わっているのは決定的だった。

本人も逃れられないとわかっているのだろう。

なのにアマリエが生きているのか、死んでいるのかを問う時だけ、ニヤニヤと笑うと言うのだから腹立たしい。

唇を引き結んだまま、胸元を押さえる。

そこには、劇場に残されていたアマリエの髪が、ハンカチに包まれ納められていた。

「吐いたのか」

押し殺した声で尋ねると、エルンストは頭を振った。

「そうじゃないんだ。……少し、兄上の時間をくれないかな。エルフリーデが」

「エルフリーデ？　ああ、ヴィクラー女史か」

エルンストの秘密の恋人で、元皇后教育女官の名前に顔をしかめる。

ヴィクラー伯爵夫人エルフリーデを妻にしたい。そうエルンストから相談は受けていた。

エルンストは気にしていないと言うのに、ヴィクラー女史は、自分の身分が低いこと、一度は結婚していることを気にして、どうにもうなずいてくれないのだと。

相談を受けたヴェンツェルは、彼女の経歴を見て、学識の高さと、エルンストに接しやすいだろうことを考慮し、二人が上手く行けばと皇后教育女官に任じた。

だが、ヴィクラーの身分に対する劣等感は相当なもので、毎週のように問題となり、もう忘れる、別れるのぼやきをエルンストから聞かされていた。

未来に起こることなどなにも知らなかった頃は、結婚して忘れるという弟に対し、ならアマリエを幸せにしてやれと頼んだほどだ。

結局、そうならなかった。と言うより、未来を知ってからは、絶対に弟に嫁がせる気はなかった。

「手を付けられないいんだ」

消え入りそうな声を出されても、同情はできない。

以前なら話を聞けただろうが、アマリエを萎縮させていた張本人と知っている上、この状況だ。お前の痴情沙汰どころではないと斬り捨てようとして、弟の真剣かつ青ざめた顔に声を収める。

「どうした」

「ちょっと、僕にもわからない。でも、気になることがある」

「気になること？」

「アマリエがどうの、イリーヤがどうので要領を得ないことを言って、泣きだして」

ためらう弟にうなずき、部下に当面の指示を出してから後に続く。

いらつくほど広い宮殿を歩き、辿り着いたのは、つい数日前までイリーヤが使っていた部屋だった。

人目を探るように左右を見て、エルンストは扉を開く。

住む人が消えた部屋の真ん中で、一人の女が泣き崩れていた。ヴィクラー女史だ。

「申し訳ございません！　皇帝陛下！」

物音で顔を上げたヴィクラー女史は、ヴェンツェルを認めるなり叫び、ひれ伏して続けた。

「アマリエ様のこと、なんとお詫びしたらいいのか……っ、私」

教養も理性もない、感情から出た叫びにぎくりとする。

（まさか、殺したのでは）

怒りにわななきそうな身体を抑え黙っていると、彼女はぽつりぽつりと語りだす。

女性事務官僚——つまり、女官として働き図書室を利用するうちに、エルンストから慕われるようになったこと。

しかし国の重鎮である四大公爵の一人と、死んだ夫との結婚で貴族になったとはいえ、未亡人で元平民のヴィクラーでは釣り合わないと、エルンストの求愛を突っぱねたこと。

ここまでは別に驚かない。すでにエルンストから聞いていた。だが。

「距離を置こうとしました。無視もしました。でも、どうにもエルンスト様を忘れきれず。……迷ううちに、図書室での密会をイリーヤ皇女の手先に知られてしまい」

喉を詰まらせる。エルンストがヴィクラー女史の側に膝をつき、彼女の肩を抱いて青ざめた顔でヴェンツェルを見ている。

なにがあっても、共に責任を取る覚悟なのだろう。

しゃくりあげ、時には遠回りする話を要約すると、「エルンストとのことは黙っている。代わりに、自分が皇后となるのを手伝って欲しい」とイリーヤ皇女から頼まれた。

一度ならずと断ったが、彼女が「そもそも、血統的に公女でしかないアマリエより、皇女の自分が相応しいはず」とか、「自分が皇后になったのであれば、功労者として取り立て、祖父に頼んでルーシ帝国の女公爵の座を与える。それならば、バーデン公爵エルンストとの身分差もない」と、主張され、言葉巧みに操られ、自然と、アマリエにつらく当たるようになったらしい。

「知っていた」

こんな茶番に付き合うのが嫌で、端的に答える。

（アマリエに関係するとは、この程度のことか）

——今更だ。

知っていた。アマリエが落馬した夜から、気づきだした。

正確には、滅びの炎で燃え落ちる宮殿で死に、人生を逆行した時点から疑っていた。

だからすぐ、ヴィクラーを辞めさせるに足る理由を探させた。

ずいぶん用意周到に立ち回っていたのか、イリーヤの尻尾は掴みにくかったが、ヴィクラー女史はそうでもなかった。

いや、むしろ、アマリエに味方が増え、今までイリーヤの持つ皇女という立場を恐れ、口を閉じていた侍女らが、おかしいことに気づき始めたと言うべきか。

ともかく、ヴィクラー女史の指導が厳しすぎるという報告は、続々と上がっていた。

「知っていた。お前が、自分の劣等感故にアマリエにつらく当たっていたのは」

もう一度、裏切りの理由までもを指摘してやると、ヴィクラー女史が涙でぐしゃぐしゃになった顔を上げる。

（おそらく、ヴィクラー女史は身分の低さゆえに悩む中、恋する男との結婚がお膳立てされているにも関わらず、自分はなにもできないと、ただただ萎れるアマリエが歯がゆくもあったのだろう）

だから嫌味を言ってしまった。ちょっとした嫌味はすぐに八つ当たりとなり、露骨な嫉妬となった。

愛するアマリエの心を傷つけ、萎縮させ、ヴェンツェルと距離を置かせたことは許しがたい。

けれど、アマリエの本当の気持ちを聞こうとしなかった、前の人生のヴェンツェルも同罪だ。

「私個人としては、言いたいことは山ほどある。だが、皇帝として罰する気はない」

「知っていたって、まさか、僕がエルフリーデと結婚したいから、アマリエを引き受けられないって言った時も？」

「当たり前だ」

愕然《がくぜん》とし、焦点を失った目で自分を見る弟へうなずき、再びヴィクラー伯爵夫人へ視線を戻す。

彼女は、唇を噛み視線を床へ落としていた。

なるほどと思った。やはり自分か。と胸が重苦しさに満たされる。

アマリエを皇后としない場合は、エルンストが妻にし幸せにしろ。

笑顔を見せなくなったアマリエが不憫《ふびん》で、そんな彼女への恋を手放せない自分の未練がましさが嫌で、強引に弟へ押しつけた縁談は、ヴィクラー女史の耳にも届いていたのだ。

だから、アマリエはさらに窮地へ追い込まれていったのだ。——前の人生では。

「だが、それでお前たちの仲をどうこうしようとも思わなかった」

前の人生では、エルンストはヴィクラー女史への思いを断ち切るために、アマリエを妻とすることを承諾し、ヴィクラー女史もまた、利用されるだけされた後、皇后となったばかりのイリーヤから捨てられた。

そして自分は、宮殿にある古井戸から、ヴィクラー女史の遺体が見つかるまで、エルンストが本当に誰が好きなのかも知らぬ、つまらぬ兄になっていた。

(二度と、同じことは繰り返さない)

時を遡りやり直す中、使えるものはなんでも使った。

相手の外交大使や臣下がなにを考え、どう動くかは当然のこと。

天候がどう影響し、国の産業がどのように行き詰まるか。

一度経験している為、予測は簡単だったが、対応は口ほど楽ではない。

意見を押し切り反発を買ったことも、嘲られたことも、数知れない。

結果が伴う信念がなければ、くじけていただろう。

（事実、歴史は変わっていった）

いろいろなことを努力した。なにより、アマリエを愛し、幸せにすることを。

やっと自分が知る過去とは違うと、手応えを得ていたのに、こんなことになるとは。

「二人のことに口は出さない。……あまり、手助けもしてやれそうにないがな」

背を向ける。謝罪など聞くまでもない。

悪いのは自分だった。やり直す前までの自分だった。

だけれど嘆いていてはすべてを失う。それはよくわかっていた。

（早く、アマリエを見つけださなくては）

二度も失えない。二度失えば、今度こそ取り返しはつかない。

執務室へ戻ろうと、一歩前に踏み出した時だ。

お待ちくださいと叫び、ヴィクラー女史が腕にすがりついた。

驚き、振り向く。皇后の教師として自分にも他人にも厳しい彼女が、こんな無礼をしたことに。

「ヴィクラー？」

「お待ちください！　まだ、お伝えしたいことがあるのです！」

後悔に打ちひしがれていたとは思えない凜とした声が、衝撃的な一言を告げる。

「この部屋に、アマリエ様がいる可能性があるのです！」

「なんだとッ」

弾かれるようにして部屋を見る。

居間、寝室、衣装部屋からなる室内は、家具も壁紙も取り払われており、人を隠せる場所はない。

エルンストも同じ考えだったのか、見える光景を信じればいいのか、恋人を信じればいいのか困惑していた。

「アマリエ様が舞踏会で名声を得た翌日、イリーヤ様がここで私を叱責した後に言ったのです。役立たずの雌猫など、壁に塗り込めて餓死させてやるか、井戸に投げ込んでしまいたいと」

息を呑んでいた。

前の人生で、ヴィクラー女史は、井戸で溺死させられていた。

なら、アマリエは。

「エルンスト！　軍の工務部隊から兵を呼べ！　それから、ここに出入りした職人を洗い出させろ」

ヴェンツェルが吠えたと同時に、エルンストは弾かれたよう部屋の外へ走り出す。

「くそっ……！」

叫び、あらゆる壁を見る。

家具を運び出された後、壁は漆喰《しっくい》ごと新しくされていて、どこに細工があるのかわからない。

無駄に広い部屋を見渡し、片っ端から手を添え探るが、おかしいところなどどこにもない。

「どこだ……。どこにいる、アマリエ！」

何度も叫ぶ。

漆喰を塗った板に覆われた壁の裏は煉瓦《れんが》だ。叩いたところで鈍い衝撃しか返らない。

「くそっ。一体、どこに」

閉じ込められた猛獣のように、何度も身体ごと壁にぶつかり、殴りつける。

手が痛み、指もまともに動かなくなったが、それでも止めない。

息を切らせ、違うのかと絶望しかけた時。きらりとした光に目が射貫かれた。

割れた硝子の破片でも落ちていたのだろうかと手を光に向け、それに色がついていると気づき、鼓動を止めた。

（色が……？）

恐る恐る光に手を向ける。

小さくはあるが、赤や青、緑といった輝きが手の平に集う。

「虹」

指一本分の幅もない虹が、ヴェンツェルの手の中にある。

どうして、と考えつつ光の場所を探り歩く。

すると、侍女が休憩する部屋の、出窓の前へ辿り着いた。

「虹、が、どうして、こんな」

何の変哲もない腰板と木でできた出窓。そこから壁へと繋がる隙間から出る虹に目を見開く。

──プリズム。

いつだったか、アマリエと木陰で虹を作り遊んだのを思い出す。

（そうだ。アマリエが消えた日、その時のことを話し、彼女にやったプリズムを大切そうに宝箱から出してくれた）

プリズムを胸に抱いて笑うアマリエが浮かんだと同時に、エルンストは腰板の部分を叩く。

「アマリエ！　いるのか！　返事をしろ……！」

耳をあてて息を済ます。すると、かすかに身じろぎし、いる、と告げるように内側からなにかを叩く音が聞こえた。

弱く、途切れがちの音に胸を引き裂かれそうになりながら、ヴェンツェルは何度も、愛する者の名を呼びかけていた。

◇◆◇

馬車の車輪が回るような、がらがらという音が聞こえた。

次いで、男たちが騒ぐ声や女性の金切り声が。

（ああ、私、死ぬのだわ）

逃げようとするアマリエの胸を、賊が放った矢が射貫く光景が頭をよぎる。

（だとしたら、今までのことはなんだったのだろう）

とても素敵な夢を見た。

好きな人と思いが通じ合い、結ばれたような夢を。

アマリエ！　と名を叫ばれた気がして目を開くと、暗闇の中で仰向けになっていた。

「ここ、は」

胸元で握りしめていた拳を開く。

プリズムの輪郭が見えたが、それはすぐ闇ににじんで消えてしまう。

「ああ……」

虚脱感とともに思い知る。また死んでしまったようだ。と。

——劇場で意識を失い、次に目覚めた時もこんな暗闇の中だった。

違いと言えば、背や足に、床や迫る壁の感触があったことぐらいで、イリーヤが口にした通り、白分は壁に埋め込まれたのだと理解する。

それでも最後まで諦めたくなくて、身動きをするうちに手首の戒めを解くことができた。

手で身体を探ると、ドレスの表布を脱がされた状態で自分が横たえられていると気づく。

声がでにくい。どうも布を噛まされているようだ。

けれど棺のように狭い隙間の中では、上手く手が動かせない。

頭の後ろを床にこすりつけて、猿ぐつわを解こうとするうちに、手首に硬いものが当たった。

昔、ヴェンツェルからもらった硝子の三角柱——プリズムだ。

胸元の隠しにはいっていたそれを、お守りのように握りながら、ただ時間を待ち続けた。

窒息なんかでは殺さない。

イリーヤが告げたように、壁に二カ所ほど小さな穴があり、そこから入る光で二回目の朝に気づく。

もうその頃には、空腹と喉の渇きでろくに動けなくなっていた。

どうせ死ぬのなら、これを胸に抱いていたいと握りしめていると、人の気配がした。

男女の声のようなものに目をみはり、気づいてもらえないかと考え、プリズムで虹を外にだすことを思いつき——それから？

（それから、どうなったのかしら）

身体を起こしてぎょっとする。

目の前にあの青年が立っており、アマリエの頭上から顔を見せていた。

「あっ、貴方！」

「やあアマリエ。最後の悪意に気をつけろって、言ったじゃないか」

人ならざる彼には、生き死にも関係ないのだろうか。やけに嬉しげに言われ戸惑う。

「私は死んだの？　また失敗したの？」

思ったことが声になっていた。すると青年は肩をすくめ、手を貸してアマリエを立たせる。

「どう思う？」

言うと、ぱちりと指を鳴らす。

途端に、無数の肖像画が掛けられた壁が現れる。

部屋の真ん中には、なんの飾りもない椅子が一つ。

顔を覆ったままそこへ座り、永遠の時を過ごすのは黒髪の男。

――今より年を取ったヴェンツェルだ。

ああ、これは、ヴェンツェルの前の人生。自分が死んだ後の日々なのだと気づく。

天井ばかりが高い真四角の小部屋。その壁のいたるところにある女性の肖像を見て、呆然とする。

「え……？」

幼かったり、若かったり、乗馬姿だったり、花嫁衣装だったりするが、それらは全部、朱金の髪に、銀を含んだ緑青の瞳を持っていた。

だが、どれもこれも、印象がはっきりしない。

見て書いたと言うより、誰かの語る姿を参考に、無理に想像し書かれたようで、どの肖像にもあるべき個性がない。

それでも、描かれているのが自分だとすぐにわかった。

――アマリエ、どうして、死んだ。

椅子に座る男が血を吐くように呻く。何度も何度も、繰り返し繰り返し。

重ねられた後悔は、さざ波のようにアマリエの心に響き、彼が抱えていた悩みや想いを伝える。

愛していた。ずっと望んでいた。笑わなくなった。自分のせいなのか。

自分の側で幸せになれないのなら、いっそ……。ああ、でも、耐えられない。

遠くで幸せになって欲しい。だが、幸せな彼女を見守ることもできず、孤独に死んでいくのは嫌だ。

押し寄せる感情の波に浚われる中、過ぎ去ったある光景がアマリエの心を震わす。

――私の妻として皇妃となるか、あるいは、結婚をなかったことにするか。

厳しい顔と冷たい声で選択を突きつけ、他人のようにすぐ背を向け、窓からイリーヤ皇女が散歩する中庭を見下ろしていた。

あの時、ヴェンツェルは、イリーヤ皇女に心変わりしていたのではない。

アマリエが物わかりのよい顔で破談を受け入れ、自分から離れていくのを見たくなかったのだ。

（今なら、わかるわ。……あの頃から、ヴェンツェル様がどれほど私のことを考えてくださったか。愛してくださっていたのか）

状況はどうしようもなかった。

前の人生では、ヴェンツェルにイリーヤを皇后として生きていく以外の選択肢はなかった。

すべて、アマリエが遠慮して引き下がってしまったから。

二度目の人生を歩んだからわかる。遠慮など必要なかったのだ。

ほんの少しの勇気だけが、大きく流れを変えた。胸を張って間違いではないと言える。

素直に心を伝えること、考えを伝えること、時には――遠慮せず甘えること。

皇帝と結婚するのではない。ヴェンツェルと結婚するのだと、強く意識しながら送った日々を、振り返る。

彼を二度と不幸な未来へ導かない。国も滅ぼしたくない。そうして、結果は――？

前の人生では、アマリエが殺害され、皇后となったイリーヤとヴェンツェルは早々に不仲となり、兄のラウエンブルグ公爵とエルンストが手を組んで、帝位を簒奪した。

（だとしたら、これは……つまり）

アマリエが皇后になれないことが、運命の引き金を引いた理由ではない。

目の前にいる青年が言った言葉が、恐怖となって足下から這い上がる。

ヴェンツェルがアマリエを――最愛の女性を失い絶望したから、このバーゼル帝国が滅んだのだ。

椅子に座り、壊れたオルゴールのようにアマリエの名を呼び、老いていくヴェンツェルを前に悟る。

運び込まれる肖像画は、一枚だって、彼の心を慰めない。

幸せにしてやりたかったとの後悔ばかりが、頭の中を締めている。

だがどうすれば幸せにしてやれたのかわからない。聞けない。試すことなどもちろんできない。

あらゆることに絶望し、興味を失い、彼は死を望むどころか、帝国の滅びすら望む。

「愛するアマリエすら幸せにできない帝位などいらない。彼女を殺した世界が憎い」

耳元で囁かれた青年の声の冷たさにぞっとする。

ヴェンツェルの気持ちを代弁するのではなく、自分自身が心からそう思っているように。

「いけない……。戻らなくては！」

死にたくない。と強く思った。

国を滅びから救いたいのではなく、ヴェンツェルを絶望という病から助けたくて。

「どうやって？　こんなところにいるのに？　やり直す機会が何度でも貰えると？」

普通は、一度きりだ。――そう冷たく吐き捨てられたが、引き下がるなんて絶対にできない。

「やり直す機会を貰ったりしない。私は、自分でやり直す機会を掴《つか》み取るッ！」

叫んだ瞬間、アマリエの身体から強い光が放たれた。

闇の世界が一瞬で白に染まる。

自身がまとうものより強く激しい光に、青年が怯む。

アマリエ自身の存在すらかき消してしまいそうな閃光の中、一人の男の手が伸ばされる。

「アマリエ……！」

両手を伸ばし、無我夢中でその腕に飛び込んだ。

確かめなくても、声だけで、いいや、伸ばされた手の様子だけでわかる。

「ヴェンツェル様……！」

腕に抱かれた途端、唇が重ねられ、存在を確かめるように濃く、深く絡められる。

「そういうことは、現実でやってくれないかな」

互いに抱きすがるヴェンツェルとアマリエに、青年が呆れた声で告げる。

「もうお帰り。君たちの役割は終わった」

「役割？　君たちというのは……」

「アマリエには話さない、という約束だったはずだが」

警戒しているのか、アマリエをかばいながらヴェンツェルがうなる。

「話してない。だが、やり直しするのは君だけだと言った覚えもない」

抱く腕に力が込められたことで、瞬時にすべてを理解する。

やり直していたのはアマリエだけではないことを。

なぜ、青年が自分を生き返らせたのか、どうしてヴェンツェルもここにいるのかを。

「初代皇帝、ジークフリート陛下……？」

帝国の基礎を作った男の伝説を思い出す。

最愛の女性が、竜による呪いからジークフリートをかばった。

その呪いは。

――千年、死の苦しみを受け続ける。

そして残された恋人は、千年、相手が死に苦しむ様を見る。

呪いを解く方法は一つ。千年、帝国を栄えさせることだ。

名を呼ばれた青年は特に否定しなかった。

ヴェンツェルも当たり前のようにしていることで、答えが正しいと知る。だとしたら。

「私が、いえ、私たちがやり直せたのは、貴方の子孫で……先祖にあたるから？」

いつだったか、彼はアマリエと、その周りの人たちとの繋がりを見せてくれた。

そしてなぜか、ジークフリートだけは、ヴェンツェルとも、アマリエとも絆を二つずつもっていた。

一つの人生で一本という言葉が本当なら、彼はどこかでアマリエの先祖であり、そして……。

（いずれ、生まれる子たちの未来と繋がる。つまり……私たちの間に生まれてくる子孫、なんだわ）

かあっと頬を赤くしながら、それが呪いの終わりなのだと理解する。

アマリエの心を読んだように、ジークフリートが補足する。

「正しくは、僕と彼女の血と心を強く受け継ぐ者だから、こうして干渉できる」

この帝国を守護しながら、時にはこうして干渉し、滅ぼさず千年守り抜いた時に、アマリエたちのいる現実に再び生まれてくるのだろう。ジークフリートも、失われた彼の恋人も。

「それでも、生き返らせて過去からやり直しなんて大技は、一度しかできないけれど」

高みからふわりとアマリエたちの側へ着地し、ジークフリートが儚《はかな》く微笑む。

「計算外だったな。最初は全然似てなかったのに、……どんどん、アマリエが僕のアマリエに似てくるなんて」

手を伸ばし、ジークフリートはアマリエの額にキスしようとするが、ものすごい勢いでヴェンツェルから阻まれる。

「……祝福しようとしただけなのに」

「黙れ。神だろうが、初代皇帝だろうが関係ない。アマリエを祝福し、幸せにするのは私だけだ」

「すごい独占欲。……本当に、君だけは、最初から僕とそりが合わないね。……先祖を敬《うやま》ってくれないかな。ああ、君の孫の、そのまた孫の孫辺りに生まれ変わる予定だから、今のうちに、孫もどきとして可愛がってくれてもいいけど」

気が遠くなるほど先のことを、まるで明日のことのように言いながらジークフリートが笑う。

寂しそうに、嬉しそうに。

「断る」

「うん。君に可愛がられるのも気持ち悪いし。さて」

真顔のヴェンツェルに対し、呆《あき》れ顔《がお》を見せていたジークフリートが、急に表情を引き締める。

「当面とはいえ、滅びの未来は回避された。……君らが油断しなければ、僕の望む通りに栄え、幸せになれるだろう」

言葉を句切り、妙に厳粛な声で彼は続けた。

「千年までは行かないけれど、数十年ぐらいは楽をさせて欲しいな。これはこれで結構疲れる」

茶化《ちゃか》した語りだが、声は遠くおぼろになる。

指や足先から、姿が周囲の闇に同化して消えていく。

ジークフリートだけでなく、アマリエやヴェンツェルも。みんな、みんな消えていく。


――さあ、もうお戻り。君たちが作り上げた未来に。


ジークフリートがそう囁き、次の瞬間、アマリエは皇帝のベッドで目を覚ました。

側に置いてある椅子に座り、アマリエと指を絡めうつ伏せて眠っていたヴェンツェルも、同じくして目を覚ます。

昇りだした太陽の光を受けながら、二人は、互いが生きていること、すべてが夢でないことを確かめるように、どちらからともなく繋いだ手をそっと揺らして微笑み合った。

第八章　結婚～永遠に君だけを愛すると誓う～

「ええっ！　そんな、聞いていません！」

皇后戴冠式が行われる大聖堂の控え室で、アマリエは変な声を出してしまう。

どころか、椅子から立ち上がり、純白のドレスの裾を踏みそうになっていた。

皇后として冠を受ける日に相応しく、着ているドレスもかなり豪華だ。

形はすっきりと上品だが、裾だけがやたらと長い上、繊細なレースや宝石で全体が飾られている。

介添えなしに歩き、踏んで破っては大変なことを思い出したアマリエが、立った時と同じ勢いで座ると、縫い止められたダイヤモンドや真珠がさらさらと音をたてて不平を漏らした。

「皇妃制度を廃止するだなんて」

予定変更でも伝えるような口ぶりで、ヴェンツェルからされた大発表に、開いた口が塞がらない。

そもそも、この皇后戴冠式だって、ヴェンツェルによる強引な前倒しに次ぐ前倒しで、予定より四ヶ月も早くなったと言うのに。

長年のしきたりとも言える皇帝の一夫多妻制を排したなど、にわかに信じられない。

固まるアマリエへ、ヴェンツェルが大礼装である黒の軍服から一枚の紙を出し、渡す。

「えっ、え……？　では、公式には妻が一人になると？　それでいいのですか？」

アマリエとしては嬉しい。

しきたりでも、ヴェンツェルが他の人を妻にするのは、やっぱり嫌だ。

「もともと、帝国ができた当時の、不安定な情勢ゆえの法律だ。その後、ここまで長々と残されたのは、政略結婚に柔軟に対応できることと、皇帝が堂々と愛人を囲えるからだ」

「愛人を……ではなくて！　四大公爵家は、それで文句がないのでしょうか」

「近年では、皇帝の愛人を養女とし、四大公爵家名義の皇妃にしてやることで、皇帝に恩を売っていたことのほうが多い。……皇帝の妻とされる五人の内、四大公爵家出身の娘、または政略結婚の姫は多くて二人。あとは愛人だな」

「多くて二人」

空笑いまじりに、ついつぶやいてしまう。

「第一、家同士で政略結婚し続けたせいで、一つの公爵家が潰れれば、全員どころか、帝国も巻き込んで共倒れ状態だ。……皇妃の名称が消えたぐらいで、どうこうは言わん」

「言われてみれば、親戚関係が複雑すぎて、同年代はいとこで押し通していましたね」

「複数の妻を持てるから、今回のような騒動が起きるし、外国からも揺さぶりを掛けられる」

腕を組みつつ言われ、まったく反論できない。

イリーヤが皇后の座を狙ってきたのも、アマリエがすぐに結婚も皇后戴冠もしなかったからだ。

王族や皇族の婚約は、よりよい条件が出れば破談になることが多い。

となれば、周りも「皇后候補者はアマリエだが、他に皇后、または皇妃がたつ」前提で、美貌や後ろ盾を武器に、その座を争おうとするだろう。

なにせアマリエ本人が、自分は候補でしかない。皇后に相応しくないと思い込んでいたぐらいだ。

そこへ、大帝国の皇女イリーヤが、遊学を建前に宮廷への滞在をごり押ししてきた。

再三、婚約者がいると断った。しつこい。と拒否の姿勢を見せていたヴェンツェルだが、その国から金を借りており、穏便に済ませないとまた戦争になると、老臣たちから泣きつかれれば、それなりに相手をするしかないだろう。

「今日の戴冠を持って、皇后のみを皇帝の配偶者とする。……会議でも決定している」

もう、どうにも邪魔者を入れたくないらしい。

――最大の邪魔者だったイリーヤは、孤島にある監獄にいる。

皇帝の婚約者――それも、お手つきの――を殺害しようとしたことに始まり、自分の地位を確立するため、侍女や侍従を買収し、裏工作をさせる端から、口止めに殺害しているのが発覚したのだ。

密かにヴェンツェルが内偵していたらしく、どれも十分に証人と証拠があると言う。

皇女であるため、一応、身代金での示談を、彼女の祖父であるルーシ皇帝イヴァンに打診しているが、その金額がもうとんでもない。

大国でも簡単に払えない金額、もしくは地図を大きく書き換えるほどの領土。

莫大《ばくだい》な要求を突きつけられた老皇帝は、あっさり孫皇女を見捨て、知らぬ存ぜぬを貫いている。

イリーヤ自身も、知らない、わからないとわめいているが、皇弟にして、バーデン公爵エルンストが、証拠や報告書の束を、外国の賓客が使う予定の応接室に「うっかり」置き忘れ、その賓客たちが「たまたま、おしゃべり大好きだった」から、もう悪事を隠せない。

人殺し皇女イリーヤの噂は、あっという間に大陸諸国に広まってしまった。

仮に監獄から釈放されても、結婚どころか、だれも庇護してくれないだろう。

（エルンスト様からすれば、ヴィクラー女史にされたことの、意趣返しだったのでしょうけど）

助け出された翌日、二人が恋人同士だと、ヴェンツェルから説明された。

ヴィクラー女史が、こちらが恐縮するほど謝罪するので、アマリエも図書室での盗み聞きを告白し、お互い様だと水に流すことにした。

皇帝になれれば、という台詞についても、恐る恐るエルンストに聞いてみた。

あれは、「ヴィクラーも、皇帝として命じられれば僕と結婚してくれるのかなあ」程度のぼやきだったそうだ。

人がどう思うか聞かず、推測だけで行動することが、どれだけ大きな誤解となるか、アマリエが痛感していると、ヴェンツェルがくい、と顎を持ち上げ、拗ねたように一息に告げる。

「悩むな。諦めろ。……過去、現在、未来を通じて、アマリエ以外が私の妻になることなど認めない。それぐらいなら、この国を滅ぼす」

「……っ、そういう言い方、卑怯《ひきよう》ですっ！」

普通であれば、過剰な愛の言葉として笑い飛ばせるが、本当にそうなることを、お互いが知っているから始末が悪い。

（わ、私が先に死んだら、ヴェンツェル様がどうなるか知っているだけに、拒否できない……！）

ヴェンツェルだってわかって言っているのだろう。

他の女と結婚する気も余地もない。全身で愛するから覚悟しろという宣言も同然だ。

真っ赤になってしまった顔を、法律改正文書で隠しながら相手をにらむ。

するとなぜかヴェンツェルが、困った顔をして視線を逸らした。

まただ。最近、よくこういう顔をする。そして、出る話題は一つ。

「かつらを作る気はないか」

「考えましたけれど、その……、かつらを作る前に、この髪型が流行《はや》ってしまいまして」

眉根を引き下げ、目で訴える。すると彼はむうっとうなった。

壁の中から助け出されたアマリエを見て、侍女たちは悲鳴を上げた。

髪を短く切られていたからだ。

高貴な女性は髪を結うもの。そのため、アマリエ自身も数日はしょげた。のだが。

ヴェンツェルの叔母で、かつてアマリエを舞踏会に誘ってくれたメルゼブルグ伯爵夫人が、お茶の席で笑い飛ばしたのだ。

『あらまあ、ドレスで流行を作られたアマリエ様が、髪型は保守的だなんて』と。

目から鱗を落とすアマリエの前で、早速、メルゼブルグ伯爵夫人なじみの理髪師が呼ばれた。

それから侍女や令嬢を交え、ああだこうだとかしましく討論された末、綺麗に肩で切りそろえ、毛先だけを内巻きにした――なんだか、きのこの頭みたいにされてしまった。

少年のような髪型は、けれど、アマリエが流行らせた古代の女神みたいなドレスにめっぽう似合っており、現在では帝国風ドレス、あるいは帝国装と呼ばれ、国内にとどまらず外国でも大人気だ。

今更、アマリエがかつらなど付け、あれは間違いですなどと言えば、おしゃれを自認する女性たちに恨まれてしまう。

「これは、これでいいのかな？　と」

上目遣いに相手を伺えば、相手は真っ赤になってこちらを盗み見し、すぐ遠くを眺めるを繰り返す。

「駄目ですか」

「駄目だ」

あっさり言われ、涙目になりかける。

実は似合わないとか、男の子みたいなのが嫌だとか。

（そういえば、軽いキスや抱擁はしてくれるけど、恋人とか、夫婦らしいことはしていない）

助け出されてからの二ヶ月を振り返り、アマリエが悲しくなっていると、ヴェンツェルははーっと溜息をついて腕を組む。

「可愛すぎる」

「は？」

予想外の答えにぽかんとしてしまう。

アマリエを前に、ヴェンツェルはひどく真面目ぶった顔で先を補足する。

「髪が長い時も可愛かったが、今は、なんと言うか、可憐すぎて目のやり場に困る」

「可憐すぎ、ですか」

好きな人に手放しに褒められ、照れで全身が火照ってしまう。

「可憐だろう。……私に駆け寄ってくるときに跳ねる毛先とか、首を傾げた時の感じとか。そのくせ、ドレスから剥き出しになっている首筋から背中への線は色っぽすぎる。けしからん」

「けしからん」

真剣な顔で、本人を前にのろけるなど、もうどう反応すればいいのかわからない。

唖然とするアマリエを余所《よそ》に、ヴェンツェルは我慢も限界とばかりに熱弁を振るう。

「四六時中甘やかして、触って、鳴かせたくてたまらない。……正直、戴冠式も切り上げて、寝室にアマリエと閉じこもっていたいぐらいだ。一度抱けば、止まらずいられる自信がある。……なのに、お前の親兄弟が、戴冠式を前に妊娠させたら、嫌がっても実家に連れ帰るとか脅しくさるし」

「こ、言葉遣いが悪くなっています！　落ち着いてください」

「落ち着いていられるか！　二ヶ月もアマリエを抱くなとお前の父親に釘を刺された。なんの拷問だ」

「父たちが、そんなことを」

アマリエが殺されかけたと知って、ラウエンブルグ公爵である兄のゲルハルトや、弟のヨシュカだけでなく、足が不自由な父まで車椅子で宮殿にやってきた。

そのときに、「アマリエの母親が十七歳で出産して死にかけたから、アマリエとは十八歳まで子作りしない」という約束で、父や兄から婚約が承諾されたことを知った。

「じゃあ、戴冠式が前倒しされたのは……」

「戴冠式後、皇后として広められた後なら、子作りも義務と気持ちも百歩譲れるが、貞節はとか、色魔とかなんとか、声を揃えて私に説教してきたので、強引に百歩譲らせた」

艶に満ちた声でそう言われても困る。と言うか、横暴だ。

妻との夜の営みがために、国家行事を強引に前倒しするなんて。

「む、無茶苦茶な……」

目眩がし、椅子の上でふらついてしまう。

そんなアマリエを腕に抱き、額、頬と、からかうように口づけながらヴェンツェルが囁く。

「二ヶ月かかったのだって、私にはもどかしい」

彼の目元が情欲に赤く染まっているのに煽られ、自分まで鼓動を乱してしまう。

はあっと大きく息を吸うと、貪る動きで唇を奪われてしまう。

二人きりの控え室の中、いやらしい水音が響き続ける。

奥の奥まで己の舌を含ませ、次の瞬間は限界までアマリエのそれをすすり上げる。

息を継ぐために解いても、すぐ追いすがられ、より執拗に口腔をかき回される。

「ふ……んんっ、う……、ぅう……」

舌で犯されている間に、戴冠式を祝う鐘が鳴り響き出だす。

音に気づき、そっと相手を押す。

ここで乱れる訳には行かない。大司祭や列席する貴族はもちろん、民たちも待っているのに。

「だっ、駄目、……まだ駄目！　あとでいくらでもお付き合いしますから」

這々《ほうほう》の体《てい》で身をひねり、まだ物足りなさそうな夫の唇から逃れ叫ぶ。

すると彼は、ふむ、とうなずき、殊更に時間を掛け、アマリエの赤くなった耳に顔を近づける。

「なるほど、では、いくらでも付き合ってもらえるように、三日ほど予定を空けさせよう」

「みっ……！」

三日間。そんなに長く二人きりでなにすると言うのだ。いや、なにをしたいかわかっているけれど。

ヴェンツェルは身悶えるアマリエをたっぷり視姦し、笑いながら手を差し伸べる。

「楽しみだな」

あんまりだ、とか、ひどいとか、なにか言いたい気もしたが、とても幸せそうな夫を見ているうちに、どうでもよくなった。

むしろ、ヴェンツェルはこんな一面もあるのだと、変に嬉しくなっていた。

アマリエは常識を振りかざすことを諦め、彼の手に自分の手を乗せる。

「喜んで、お付き合いします」

あえて挑発的に言い切る。

そうだ。付き合おう。

今日や明日だけではなく、ずっとずっと先の未来まで。

ヴェンツェルの側に、愛する人の側にいて、気持ちを伝え続けようと誓いながら、アマリエは新たな人生への一歩を踏み出した。

あとがき

華藤りえです。ご縁をいただき、初めて蜜猫ノベルスさんでお話を書かせていただきました。

このような機会をいただけて、とても嬉しいです。

関係者各位、とくにイラストレーターのすがはらりゅう先生と編集様には感謝しております。

諸事情でページが余り、「あとがきがいいか、番外編か」という選択に、「番外編」と即答した華藤です。自分のことを語るのは苦手です。書く事がない。考えるだけで一日が終わります。

なので、あとがきに代えて、以下をお楽しみいただければと思います。では、またいつかどこかで。

番外編：その後、彼は彼女に出会ったか？（※舞台設定は現代です）

英雄にも、皇帝にも、なろうとしたことは一度もなかった。

ただ、好きになった子を笑わせたくて、彼女を悲しませるものすべてを片付けたくて。

それを成し得た時、どうしてか僕は彼女を喪い、呪われ、――千年もの間、たった一人で、自分が作り上げたバーゼル帝国という器を守る番人となっていた。

グリューネブルン宮殿の前で開催されている市は人でごった返していた。

復活祭も間近とあって、絵の描かれた卵やうさぎの形をしたモールが沢山飾られ、売買されている。

特に人気なのは磁器でできた小品で、中興の祖として名高い皇帝ヴェンツェルが磁器工房を開いて二百年たった今でも、世界中から高い評価を得ていた。

あれから、いろんな事があった。

アマリエとヴェンツェルの間には八人もの子が生まれ、孫が成人するまで二人は生き、片割れが家族に看取られた後、間を置かずしてもう片方も旅立ち、幸せのまま人生の幕を下ろした。

時は流れ、史上初の女帝が誕生し、戦争ではなく政略結婚で帝国の黄金時代を築きあげた。

けれど相次ぐ革命により皇室は歴史の表舞台から消え、帝国は共和国となる。

大きな戦争が二度起こり、鉄の塊が空を飛ぶどころか、人類はついに宇宙まで進出しだし——気がつくと、ジークフリートはこの世界に生まれ変わっていた。

——バーゼル帝国皇帝直系と見なされている名門、バーベンベルク家の男児として。


（暑い……）

人波で立ち止まり、ジークフリートはジャケットを脱いで腕に掛ける。

快晴の午後三時。三つ揃いのスーツ姿で宮殿前市場の雑踏を歩けば、汗を掻くのも当然だ。

（だだっ広い宮殿で目立たずに逃げるなら、人混みが一番だと思ったけれど）

そう考えているジークフリートだが、本人が期待するほど隠れられていない。

金と銀が入り交じった極上のプラチナブロンドに、夏空のように澄み切った碧眼。完璧な容貌。

そんな彼が最高級のスーツを纏って市場なんかに居れば、嫌でも目立つ。

ラフな服装で買い物する人々の中に、「今、パーティーから抜け出てきました」という体で巨大複合企業――コングロマリットの次期後継者が混じる様子は戯画的で、だからすぐ見つかってしまう。

「お待ちください、ジークフリート様！　会場へお戻りください。くだんの令嬢がお待ちです！」

逃げ出した理由を突きつけられて、ジークフリートは顔をしかめる。

「断る。会議と聞いてきたのに、結局は花嫁の押し売りか。余計なお世話だ」

歴代の皇帝と皇后が暮らした思い出が――ジークフリートが守護者として見守り続けた日々が龍もるこの宮殿の修繕計画で話があると聞いて来れば、花嫁候補と名札が付いた令嬢が待ち受けていた。

「僕の妻は僕が決める。親族や取引先がごり押ししても無駄だ」

「……ですよねえ。三歳の時からずっと言われて、もう御年二十八歳ですものねえ」

毎度のことだからか、連れ戻すこと早々に放棄し、男は秘書としてではなく乳兄弟としてぼやく。

「自分はバーゼル帝国初代皇帝の生まれ変わりだとか、聖女アマリエはどこかとか。本当にあの頃のジーク様は、夢見がちの英雄かぶれでしたが、今よりは純粋で可愛らしい御子でした」

しみじみと言われた瞬間、怒るより、腹の奥がむずっとかゆくなった。

（黒歴史だ……）

時の狭間から唐突に放り出され、現代に生まれて数年間、ジークフリートは完璧に混乱していた。

千年も世界を観察し、その知識や経験を持ったまま、いきなり赤子になっていたのだ。

自分の意志を言葉にできぬもどかしさで気がおかしくなりそうだったし、しゃべれるようになったらなったで、歳に似合わぬ語りが気持ち悪い、初代皇帝とか誇大妄想をわめく。などと厭われた。

六歳を超えた辺りで己の記憶や運命を隠すことを覚えたが、毎日がじれったくてしょうがなかった。

自分が生まれ変わったということは、呪いが解けたということに他ならない。なら彼女も同じはず。

御曹司として育てられる中、密かに彼女を探し続けていたが、ここに来て事態が急展開した。

一族と企業の長である祖父が病に倒れ、後継者としてジークフリートが足場を固めるには、まず結婚すべしと親族一同がわめき、行く先々に権力と打算まみれの花嫁候補が配置されだしたのだ。

巨大組織の後継者という自分に与えられた役割。増えすぎた人類の中、直感のみを頼りにただ一人を捜す苦難。そういった現状に押し潰されかけている自分が嫌でたまらない。

（アマリエに会う。会えばわかる。出会って、絶対に恋をする）

胸中で繰り返し誓い歩いていると、ジークフリートの耳に幼女の悲鳴が飛び込んできた。

見れば、少年たちが女の子を取り囲んで、卵形をした硝子の飾りを投げ合いからかっている。

小遣いを貯め、母親への復活祭の贈り物として買った硝子の卵なのだと叫び、女の子が泣いていた。

よくあることだ。幼少期特有の無邪気で残酷ないたずら、あるいは弱い物いじめだ。

通り過ぎようとした途端、少年の一人がジークフリートにぶつかり、硝子の卵を手から滑り落とす。

甲高い悲鳴がし、目を見開いた。その視界に小柄な女の影がよぎる。

真っ直ぐで艶やかな黒髪。凛とした眼差しが見えた瞬間、心臓がどくんと跳ねた。

ひたむきに伸ばされた細い指先が、地面にぶつかり砕けるばかりであった卵を捕らえる。

硝子の卵を受け止める時にバランスを崩したのか、一拍遅れて女が石畳の上へ転倒した。

突然の出来事に周囲も驚き、ざわめきは一瞬で収まる。

涙目でしゃくりあげていた女の子が、ひくっと喉を動かすと、手だけを地面から浮かせていた女か、ゆっくりと路上から身体を引き剥がし、周囲の注目など気にせず立ち上がった。

「泣かないで。大丈夫だから。ほら」

どこかおかしな抑揚とぎこちない言葉運びから、他国から来た観光客だと知れた。

彼女は両手で包み込むようにして少女の手に硝子の卵を戻し、にこりと笑う。

その表情を見た瞬間、ジークフリートは稲妻に打たれたような衝撃を受け、おののく。

顔立ちは遠い東の島国の民のもの。声だってまるで似てない。年齢だってあの頃と違う。

だけど、何歳でどんな姿であろうとわかる。人助けを厭わない優しく気高い表情は、間違いなく彼女のものだ。膝をすりむき血を流しても、土に汚れても、他人の為に笑える姿は間違いない。

「……見つけた」

見つけた。ついに。だから後は、一生を掛けて君を口説き落とすだけ。

少女を慰め、照れ隠しにはにかみ、また雑踏に消えようとしていた彼女の肘を、必死で掴む。

愛していると叫びたいのをこらえ、ジークフリートは声を掛ける。怪我は大丈夫かと。

戸惑いながら彼女は「ええ」と応え頬を赤らめ。

――そして、千年の恋が始まる。

華藤りえ

Mitsuneko Novels

蜜猫 novels をお買い上げいただきありがとうございます。
この作品を読んでのご意見・ご感想をお聞かせください。
あて先は下記の通りです。

〒102-0072　東京都千代田区飯田橋 2-7-3
（株）竹書房　蜜猫 novels 編集部
華藤りえ先生 / すがはらりゅう先生

人生がリセットされたら 新婚溺愛幸せシナリオに変更されました

2019 年 5 月 17 日　初版第 1 刷発行

著　者　華藤りえ　©KATOU Rie 2019
発行者　後藤明信
発行所　株式会社竹書房
〒102-0072 東京都千代田区飯田橋 2-7-3
電話　03（3264）1576（代表）
03（3234）6245（編集部）
デザイン　antenna
印刷所　中央精版印刷株式会社

Printed in JAPAN
ISBN978-4-8019-1870-2　C0093
この作品はフィクションです。実在の人物・団体・事件などには関係ありません。